聽風的歌

村上春樹

風の歌を聴け

賴明珠 譯

聽風的歌——目錄

給台灣讀者的一封信

村上春樹

我開始寫小說已經是超過二十年以前的事了，當時會拿起我的書來讀的，大多是從二十幾歲到三十幾歲的年輕世代。那麼現在，若要問是什麼樣的人在讀我寫的小說呢，還是同樣年代的年輕世代。我有三年左右的期間在網路上擁有自己的網站（現在因為忙碌而暫時中斷），跟許多讀者交流過，寄信到網站來的大半是二十幾歲到三十幾歲的人。當然也有不少十幾歲的讀者，也有六十幾歲的讀者。不過讀者的核心年齡層，在這三十年之間我想可以說幾乎沒有改變。

這個事實讓我覺得有一點不可思議。換句話說，我的小說讀者的核心層大約往下移動了整整一個世代。就像搭乘一部巨大的電梯下降一層樓一般。更具體說，就是非常多讀者寫道「我從母親的書架上拿來一讀立刻就喜歡上了」，或「因為學校老師的推薦我讀過後覺得很有趣」。或者也有這類的來信「我自己找到中意的書讀著之間，竟發現我父親也讀過同樣的書，我感到非常驚訝。因為我以為自己跟父親之間根本沒有任何共通項目」。（我自己本身或許正屬於和這些父母親與老師相同的年代。）

這對我來說，是非常可喜的現象。不用說，我並不是為了討好年輕人而寫小說的。我在這二十年間，只是把自己想寫的故事，以自己想寫的風格繼續寫過來而已。雖然如此，這些作品還是被可以當我孩子的年輕世代的人們拿起來讀，而且說很喜歡，我真覺得很高興。

通常，作家和讀者有年齡重疊的傾向。換句話說三十歲的作家擁有三十歲前後世代的讀者群，六十歲的作家擁有六十歲前後世代的讀者群……之類的。當然我想這——與自己的世代共同成長——自然是一種達成。但我的小說並不是這樣。當然這是在日本的情況，至於在台灣我的小說是怎麼被閱讀的，我並不清楚。不過光以年代來看，所得到的結果我想像台灣和日本也許大致相同（我也收到過幾次台灣讀者的電子郵件）。這是為什麼呢？為什麼我的讀者不會老呢？

或許，我的小說所要訴求的東西，和他們（從二十幾歲到三十幾歲的年輕人）所追尋的東西之間，有某種超越現實年齡差異的強烈的共通項目吧，我這樣想。

那到底是什麼呢？

一個人，要在社會上自由而自立地活下去該怎麼辦？這件事，要說得非常簡單的話，我想就是這麼回事。然而包圍著我們的這個現實社會，卻非常強大，而且難以理清的複雜，顯得好像在把我們想要完全自由自在地活下去的意志——加以打擊粉碎。把我們所愛的東西——變成石頭，讓我們所追求的東西——遠離而去似的。雖然如此我們還是不得不想辦法繼續活下去，因此有時候不由得掉落黑暗、寂寞而厭煩的境地。

這似乎是，我在我的作品中想要描寫的世界的模樣。而且我想或許這也完全正是，現在的（而且也是過去的，或未來的）二十幾歲到三十幾歲的年輕人——無論是日本是台灣是任何地方的——所處世界的模樣。那對我來說是非常真切的，同樣地對他們來說也是非常真切的。我這樣想。

我既是一個 pessimistic（悲觀的），常被黑暗的心所吸引的人，同時也是一個樂觀的 moralistic（重道德的）人。在我這個人心中同時存在著許多相違背的要素，無法簡單地找出狀況的結論。我所能做到的，只有為你提供幾個真切的故事而已。結論——

如果你想要的話——請你自己靠自己找出來。小說這東西，並不是對一個問題給予一個具體結論的東西。我想做的是，把你所有的問題，和我（或其他什麼人）所有的問題，通過所謂故事這個強有力的隧道直接聯繫上。不管在地球上的任何地方，不管有什麼樣的問題，你絕對不是孤獨的——這是我想寫的事情之一。或許可以說就像靈魂的 internet 一樣的東西。在那連結中你會得到什麼，只有你自己知道。

對我來說，由於繼續寫這樣的真切故事，覺得好像在朝某個地方前進似的。而且我可以說一句，我相信故事的力量，只要我還相信，而且還有把那化為文章的能力，我跟各位在某個地方便互相聯繫著。這當然，對我來說——身為一個作家和身為一個人——都是很大的安慰和鼓勵。感謝你的閱讀。

編按：此文發表於二〇〇一年。

譯者序

賴明珠

一九七八年村上春樹29歲，寫下《聽風的歌》，一九七九年以這本處女作獲得群像新人賞，從此踏入文壇，並以獨特的風格，迅速引起注目，掀起熱潮，甚至被稱為日本80年代的文學旗手。

一九八七年，村上春樹又以《挪威的森林》，創下三百四十萬冊的空前暢銷紀錄，作品紛紛被翻譯介紹，而成為舉世聞名的當代作家。

村上春樹的作品第一次被介紹到台灣，是在一九八五年由《新書月刊》專集報導，單行本則是一九八六年由時報出版首先出版《失落的彈珠玩具》（註：新版恢復原書名《1973年的彈珠玩具》）及《遇見100%的女孩》，一九八八年才繼續出版

《聽風的歌》。

為什麼第一本作品反而成為台灣讀者所接觸到的第三本呢?

事實上,村上春樹當時在日本雖然已經在文壇引起相當廣泛的矚目,但畢竟還算是新人作家,而且風格與傳統著名作家非常不同,這樣新潮特殊的表現方式,國內的讀者能夠接受嗎?尤其《聽風的歌》沒有明顯的情節變化,極可能被忽略。因此由故事性比較強的《失落的彈珠玩具》配合變化較多的短篇《遇見100%的女孩》先打頭陣。事實證明,初期的反應相當緩慢。不過值得欣慰的是,終於有讀者來信詢問「等了很久為什麼還沒看到他的新書出版?」

在接受《文學界》雜誌的專訪中,村上春樹對自己前十年的寫作歷程做了一番回顧,以下就是他對當時創作《聽風的歌》的情況所做的說明。

雖然《聽風的歌》出版是在一九七九年,但寫是在前一年的七八年,四月開始寫的。我想我在很多地方已經提過了,我是到神宮球場去看日本職棒中央聯盟的開幕比賽,養樂多隊對廣島隊時想起要寫的。因為我家就在神宮球場旁邊,我到那裡去,從白天就一面喝啤酒一面躺著看棒球比賽,以前的神宮球場外野席還沒有座位。那時候開幕比賽的養樂多、廣島戰還空得很呢。啦啦隊現在不是有喇叭、鉦之類的嗎？那時候只有阿伯帶著大鼓來咚咚咚的敲，和吹吹笛子而已。好悠閒。

那是很舒服的一天，躺著喝啤酒時，不知道怎麼忽然湧起一股想要寫的情緒來。於是就去買鋼筆和稿紙回去寫。那是我29歲的時候。在那之前，工作很忙，完全沒寫過。而且完全沒想過要寫。雖然因為喜歡讀，倒是讀了很多。因為開店（放爵士樂的酒吧兼咖啡廳）忙得沒時間想。因為光為了還貸款就很拚了。店幾乎是從一文不名開始的，貸款，還利息，已經是夠拚的了。晚上不是都開到很晚嗎？所以沒有那個餘力。

不過那年店裡的生意卻不知道怎麼變清淡了，開店總難免遇到一次這樣的時期，又不能因為生意清淡就把打工的辭掉，只有時間卻一下多出許多，正好也即將面臨三十歲了，心想必須做一點什麼。仔細想起來，每次面臨一個十年的界線，就會焦急起來想做一些事。寫《挪威的森林》的時候，也是想在四十歲以前做點什麼而開始寫的。《聽風的歌》從四月開始寫到夏天。那時候還不太了解情況，因此到附近的明治屋書店去站著查看文藝雜誌，想報名新人賞。《群像》在那時候限定頁數不超過二百頁稿紙。《文學界》則限制在一百頁之內。我想要寫一百頁有點難，二百頁大概還可以寫。

那時候我完全沒考慮寫短篇，想要寫長篇。那麼只有《群像》可選了。後來才有「群像長篇賞」出現，但那時候還沒有。總之因此就以二百頁來開始考慮。

剛開始是以一般的寫實文體寫的，但是自己無論如何都不以為然。所謂小說不就是以這種文體寫的嗎？就以這來寫吧。情節完全和《聽風的歌》一樣，然而一樣的情節以寫實的文體寫著時，一點都沒什麼意思噢。雖然我現在都還覺得寫得不錯，不過就是一點都沒意思。我想乾脆豁開來寫，於是重新開始，才變成那樣的文體。所以那樣的文體並不是一開始就設定好的，而是實在沒辦法了，全部拿掉，衣服也全部脫光，心想乾脆依照自己喜歡的樣子去寫吧，覺得好像肩膀上的包袱掉下來了，變得可以寫了。我想大概是因為已經寫過一次了，所以才能那樣順利。如果一開始就打算那樣寫的話，我想絕對不會那麼順利。

當肩膀上的包袱掉下來時的感覺真是相當愉快，不過那確實是受到VONNEGUT（馮內果）和BRAUTIGAN（布勞提根）相當程度的影響，我想那樣的感覺要如何帶進日本語裡呢？

因此，這本書是第一次完全寫完二百頁又全部捨棄的，不過現在我還是常常會這樣，有時寫完了又全部丟掉。不過自己會知道噢。所謂失敗作寫了倒沒關係，只是沒意思的東西寫了也沒用。我經常這樣想。所以如果沒意思的東西，就算寫得再好我也會全部捨棄。有一天或許可以用那種結構寫一點什麼，但現在用還很勉強。

因此我從頭開始重寫，是怎麼寫的呢？只記得拿一樣的情節來寫，不管是比喻也好什麼也好，總之不採取所謂小說主流的寫實手法，這方面的全部拿掉，依自己喜歡的去寫吧，換句話說我想半開玩笑式的去寫寫看。這樣一來，我發現自己身上的肌肉竟然可以運動得很順暢，「啊！就是要這樣。」我想。借來的東西終究是不行。

我不是還一面開著店一面寫嗎？那是幾點哪？店打烊以後，在廚房的桌上，一面喝著罐裝啤酒一面寫。頂多能寫一個鐘頭，不過很愉快。因為每次各寫一個鐘頭左右，所以每一章都很短，如果是章節長的長文章會記不得，前一天的心情會接不上。所以把它切短，切短了往下寫。

得到新人賞確實很高興。那時候的評審委員是吉行淳之介先生、丸谷才一先生、島尾敏雄先生、佐佐木基一先生、佐多稻子先生。他們都不是會提出一些難題的人，個性上都比較隨和。頒獎典禮上見面時，大家都非常親切，感覺非常好。也許在這方面我是很幸運吧。還有「群像」裡面雖然也有相當多負面的評論，但總編輯一直支持我到最後，大概也有很大的關係吧。

不過我周圍的人倒是都嚇了一跳。我想他們一定覺得只是極普通的小說吧。因為我得了新人賞，於是拿來讀讀看，結果竟然是那個樣子，一定愣了一下吧。雖然也有人說非常有趣，不過也有人忠告我「可以適可而止了吧？」

不過，因為是第一次寫在稿紙上，所以我知道是放了一些比較重的東西進去了，雖然採取的是比較輕的文章，但我想應該是有一些東西的，所以儘管被那樣說，但我並不在意。雖然很多人有各種不同的意見，例如有點太輕了吧，沒有什麼內容嘛，只是僥倖而已。所以別再寫了吧，不過我想，不是這樣。我不是還開著店嗎？很多人，包括編輯也來了很多。所以滿累的，因為不管怎麼說對方總是客人哪。這邊是在櫃台裡做著東西的，眼前聽到的不管是褒是貶都逃不開。

因為得到新人獎高興的成份還是很大，所以心裡也會想管他的。但是壓力還是很大。不過也幸虧得了獎。

如果我落選的話，或許我從此就不寫了也不一定。雖然，很難說。我想那個要是沒有先寫出來，某方面來說就很難繼續寫了。總之那篇寫出來之後繼續發展，又寫了接下去的一篇。這種方式成立了。所以如果那篇不行的話，我不知道會怎麼樣。因為那是要趁著一股氣勢寫下去的。

我想畢竟是有一股砰、砰、砰的氣勢。《聽風的歌》這本小說有第一聲「砰」的氣勢。所以如果那忽然「撲通」一聲沉下去了的話，接下來的「砰」就無論如何踏不出去了。那是個節奏的問題。

老實說我並不以為我能過關。我想大概沒那麼容易吧。我只是想要寫點什麼，既然寫了留著也沒用，所以姑且寄去試一試吧。因此連影印留一份都沒有。

不過，聽說進入最終評審時，也想過說不定會得獎噢。那是屬於All or nothing的小說。會不會得獎？我覺得既然能進入最終評審，就大概會得獎。如果能到得了那裡，表示有某種氣勢，所以應該會被撿起來的。

那時候我第一次買文藝雜誌來看。因為以前都沒看過，以為全都登一些水準很了不起的小說，結果發現很多很糟的也登出來。如果是這樣的話，說真的覺得自己有可能過關。

我過去一直都在讀外國小說，層次完全不同，雖然說文藝雜誌很多，不可能全部都整齊地刊出一級品，但有些實在讓人覺得印成活字登出來未免太容易了。《聽風的歌》得獎之後，我想趕快寫下一本。盡快開始寫。那就像一種命題似的對嗎？只有一本的話誰也不會看，接下來的如果能讓人看出方向性的話，我想人家總會認可也會瞭解了吧。盡快寫出下一本，那就是《1973年的彈珠玩具》。

在舊版《聽風的歌》中，我們為顧慮頁數較少而增加了一篇〈開往中國的慢船〉短篇，但為了尊重原著，本版本已將該篇抽離，恢復與原著相同的面貌，在這裡特別附帶說明。

一九九五年

1

「所謂完美的文章並不存在，就像完全的絕望不存在一樣。」

當我還是大學生的時候，一位偶然認識的作家這樣對我說。雖然能夠理解那真正的含意，是在很久以後，不過至少把它當做某種安慰倒是可能的。所謂完美的文章並不存在，這回事。

但，雖然如此，每次要寫點什麼的時候，還是會被絕望的氣氛所侵襲。因為我能夠寫的領域實在太有限了。例如假定關於象，我能寫點什麼的話，也許關於馴象師就什麼也寫不出來，就是這麼回事。

8年之間，我一直這樣左右為難。——8年，一段漫長的歲月。

當然，只要能夠繼續採取一種從任何事物都能學到一點東西的姿態的話，老化或許並不怎麼痛苦。這是一般論。

自從剛過20歲不久開始，我就一直努力採取這種生活方式。因此承受了別人給我的無數次重大打擊、欺騙、誤解，同時也經歷了許多不可思議的體驗。各式各樣的人跑來告訴我事情，正如走過一座橋一樣，發出聲音從我身上通過，而且從此不再回來。我在那期間，一直緊閉著嘴巴，什麼也沒說。就在這種情況下我迎接20歲代的最後一年。

現在，我想說了。

當然問題依然一個也沒解決，說完以後或許事態仍然完全相同。畢竟，寫文章並不是自我療癒的手段，只不過是對自我療癒所做的微小嘗試而已。

但是，要說得坦白真誠，卻非常困難，我越想說實話，正確的語言就越沉到黑暗深處去。

我並不想辯解。至少在這裡所說的，是現在的我的最佳狀態。不需要附加什麼。雖然如此，我還是這樣想：如果順利的話，很久以後，幾年或幾十年後，可以發現得救的自己。而且那時候，大象回到平原去，我則用更美好的語言開始述說這個世界。

♠

關於文章我大多是跟戴立克・哈德費爾學的。或許應該說幾乎全部。不幸的是哈德費爾自己在各方面來說，都是一個沒有成就的作家。只要讀了就知道。文章難讀、故事雜亂、主題稚拙。不過雖然如此，他畢竟還是能以文章為武器戰鬥的少數非凡作家之一。我想即使和海明威、費滋傑羅等他同時代的作家為伍，哈德費爾的那種戰鬥姿勢也絕不落後。唯一遺憾的是哈德費爾直到最後都無法明確掌握自己戰鬥對象的形象。結果所謂的沒有成就，就是指這點。

8年2個月，他繼續著那沒有成就的徒然戰鬥，然後死去。1938年6月的某個晴朗的星期天早晨，他右手抱著希特勒的肖像，左手撐著傘，從帝國大廈的屋頂跳下。正如他活著的時候一樣，他的死也沒造成什麼不得了的話題。

我偶然得到第一本哈德費爾已經絕版的書，是在大腿間得了非常嚴重皮膚病的初三暑假。給我那本書的叔叔，三年後得了腸癌，全身變得支離破碎，身體的入口和出口插滿了塑膠管，就那樣一直痛苦到死。最後見到他的時候，他已經像一隻狡猾的猴子一樣，焦焦紅紅的縮成一小團。

♠

我一共有三個叔叔，一個死在上海郊外。戰爭結束的兩天後，踩到自己埋的地雷。只有排行第三的叔叔還活著，當了魔術師，在全國溫泉地巡迴演出。

哈德費爾關於好文章這樣寫過。

「寫文章這種作業，其實就是在確認自己與周遭事物之間的距離。必要的不是感性，而是尺度。」（《心情愉快有什麼不好？》1936年）

我開始一隻手握著尺，戰戰兢兢張望周圍的一切，記得是從甘迺迪總統死的那年開始。從此已經過了15年。費了15年工夫，我真是放棄了各式各樣的東西。簡直像引擎故障的飛機，為了減輕重量而把行李一一拋棄，把座椅拋棄，最後連可憐的空中服務員也拋棄一樣，15年之間，我拋棄了所有的一切，而另一方面卻幾乎什麼也沒學到。

這到底對嗎？我也無法確定。變輕鬆了倒是真的，不過一想到年老將死的時候，自己到底留下什麼，就覺得無比恐怖。自己燒完之後，連一根骨頭都不剩。

「擁有黑暗的心的人，只做黑暗的夢。更黑暗的心連夢都不做。」死去的祖母老是這樣說。

祖母死去的那夜，我所做的第一件事，是伸手悄悄將她的眼皮闔上。我把她眼皮闔上的同時，她79年之間繼續擁抱的夢，就像降落在柏油路上的夏日陣雨那樣，安靜地消逝，過後什麼也沒留下。

♠

再寫一次關於文章的事。這是最後一次。

對我來說，寫文章是非常痛苦的作業。有時候花一個月時間連一行也寫不出來，有時候三天三夜寫個不停的結果，所寫的完全不是預想中的那麼回事。

雖然如此，寫文章也是一件快樂的事，因為比起活著本身的困難來看，為它加上意義是太簡單不過了。

大概是十幾歲的時候吧，我發現這個事實之後，曾經驚訝得一星期說不出話來。如果稍微聰明一點的話，或許世界可以變得隨心所欲，所有的價值可以轉換過來，時光可以改道流轉……曾經有過這種感覺。

等我發現那不過是一個陷阱時，不幸是在很久很久以後。我在記事簿正中央畫1條線，左邊將那期間所獲得的東西寫出來，右邊將失去的東西記下來。失去的東西、糟蹋的東西，尤其是拋棄掉的東西、犧牲掉的東西，或背叛的東西……這些到最後我沒辦法全部記完。

我們努力想認識的東西，和實際上認識的東西之間，橫跨著一道深淵。不管你拿多長的尺，都無法測量出那深度來。我能在這裡寫出來的，只不過是list而已。既不是小說也不是文學，更不是藝術。只是正中央畫1條線的一本單純的筆記而已。教訓或許有一點。

如果你想追求的是藝術或文學的話，只要去讀希臘人寫的東西就行了。因為要產生真正的藝術，奴隸制度是必不可缺的。就像古代希臘人那樣。奴隸耕田、備餐、划船，而在那同時，市民則在地中海的陽光下專心作詩、研究數學。所謂藝術就是這麼回事。

半夜3點還在更深夜靜的廚房開冰箱找東西吃的人，就只能寫出這樣的文章了。而，那就是我。

2

這件事是從1970年8月8日開始，18天後，也就是同年8月26日結束的。

3

「有錢人，全都是狗屎！」

老鼠兩手撐在吧台上，憂鬱地這樣對我吼道。

或許老鼠吼的對象，是我後面的咖啡磨豆機。我跟老鼠並排坐在吧台，而且也沒有任何必要特地對我吼。不過不管怎麼樣，老鼠就像往常一樣，一大聲吼完，就心滿意足津津有味地開始喝起啤酒。

其實周圍沒有一個人注意到老鼠的大聲吼叫。因為狹小的店裡擠滿了客人，而且每個人都同樣大聲地互相吼著。就像一艘即將沉沒前的客船的光景一樣。

「全是寄生蟲！」老鼠說完厭煩地搖搖頭。

「那些傢伙什麼也不會。我一看到那些擺出有錢人嘴臉的傢伙，就噁心。」

我嘴唇還貼在薄薄的啤酒杯邊緣，默默點頭。老鼠說到這裡就閉上嘴，而放在吧台上的纖細手指，像在烤火般翻來覆去仔細望了幾遍。我乾脆抬頭看天花板。10根手指如果不照順序一一檢點完畢，他是不會開始下一個話題的，每次都這樣。

我和老鼠花了一整個夏天，簡直像中邪了似的，喝乾了25公尺長游泳池整池那麼多的啤酒；剝掉可以鋪滿傑氏酒吧地板5公分厚的花生殼。而且那是個如果不這樣，就活不下去的無聊夏天。

傑氏酒吧的吧台上掛著一張被香菸油脂薰到變色的版畫，窮極無聊的時候，我會不厭其煩地一連好幾個鐘頭一直望著那張畫。就像羅沙哈測驗（Rorschach Test）可以用的那種圖案，在我看來像兩隻面對面坐的綠色猴子，正在互相投著兩個漏了氣的網球一樣。

我對酒保傑這樣說時，他注意看了一會兒，然後有氣無力地回答道：「嗯，這麼一說，好像是這樣噢。」

「不知道象徵什麼？」我這樣試著問他。

「左邊的猴子是你，右邊的是我，我把啤酒瓶子丟過去，你把錢丟過來。」

我佩服地喝起啤酒。

「噁心！」

老鼠把手指一一仔細看完之後，又再重複罵一次。

老鼠不是現在才開始說有錢人壞話的，而且實際上就非常痛恨。老鼠自己家就相當有錢，不過我每次指出這點時，老鼠一定會說：

「又不是因為我。」

有時（大多是啤酒喝太多的時候）我會說：

「不，就是因為你。」而且說完一定心情不好。因為老鼠說的也有幾分道理。

「你想我為什麼討厭有錢人？」

那天晚上，老鼠繼續說，話題深入到這裡還是頭一次。

我搖搖頭表示不知道。

「說白一點，是因為有錢人什麼都不想。如果沒有手電筒和尺的話，連自己的屁股都抓不到。」

說白一點，是老鼠的口頭禪。

「真的？」

「嗯！那些傢伙重要的事什麼都不想。只裝作在想的樣子……你知道為什麼？」

「為什麼？」

「因為沒有必要啊。當然要變成有錢人是需要動一點腦筋，不過繼續做個有錢人，就什麼都不需要。就像人造衛星不需要加油一樣。只要在同一個地方團團轉就行了。不過，我可不是這樣，你也不一樣，為了生存不得不繼續動腦筋，從明天的天氣開始，到浴室塞子的尺寸為止，對嗎？」

「噢。」我說。

「就是這麼回事。」

老鼠把想說的話都說完之後，從口袋裡拿出衛生紙，無聊透頂地大聲擤鼻子。老鼠到底認真到什麼地步，我實在摸不透。

「不過到最後大家都要死。」我試著這麼說。

「那倒是真的。每個人遲早都要死。不過到那天為止，不得不活個50年，一面想著各種事情一面活50年，說白一點，比什麼都不想地活個5千年，要累得多了。對吧？」

確實如此。

4

我第一次遇見老鼠是在3年前的春天。那是我們進大學的那年。兩個人都喝得相當醉。所以到底為什麼我們在清晨4點過後，會一起坐在老鼠漆黑的飛雅特600裡的，簡直沒有記憶，大概是有共同的朋友吧。

總之我們爛醉如泥，而且時速表的指針指在80公里上。因此我們轟轟烈烈地撞破公園的圍牆，壓過杜鵑花叢，車子死命撞在石柱上，而我們居然沒有受任何傷，說起來真是僥倖得沒話說。

我被撞醒過來，踢開撞壞的門，走出外面，飛雅特的引擎蓋飛到10公尺外的猴子柵欄前面，車子的鼻尖正好凹進一塊石柱的形狀，突然被吵醒的猴子們氣得吱吱亂叫。

老鼠的兩隻手還放在方向盤上，身體像折疊起來似地往前彎，不過並沒有受傷，只是把一個鐘頭前吃的Pizza吐在儀表板上而已。我爬到車頂從天窗往駕駛座探望。

「沒問題吧?」

「嗯,不過有點喝過頭,居然吐了啊。」

「出得來嗎?」

「拉我一把。」

老鼠把引擎關掉,把儀表板上的香菸盒塞進口袋,才慢吞吞地捉住我的手,爬上車頂。我們就在飛雅特車頂並肩坐下,抬頭看著開始泛白的天空,默默抽了幾根菸。我不知道為什麼想起李察波頓主演的戰車電影來。老鼠在想什麼我不知道。

「喂!我們滿走運的嘛。」5分鐘之後老鼠說了。「你看看!一點都沒受傷,誰敢相信?」

我點點頭。「不過車子已經報銷了。」

「沒關係,車子買得回來,好運可是錢買不到的。」

我有點吃驚地看看老鼠的臉。「原來你是有錢人。」

「好像是。」

「那倒幸虧了。」

老鼠沒回答什麼,不過還一副不滿足的樣子,一連搖了幾次頭。「不過,反正我們很走運。」

「確實不錯！」

老鼠用網球鞋後跟踩熄香菸，並將菸蒂用手指彈進猴子柵欄裡。

「喂！我們兩個組成搭檔怎麼樣？一定做什麼都順利。」

「首先要做什麼？」

「喝啤酒吧！」

我們在附近的自動販賣機買了半打罐裝啤酒，走到海邊，躺在沙灘上，把啤酒全部喝光之後就看海。天氣非常晴朗。

「你叫我老鼠好了。」他說。

「為什麼取這樣的名字呢？」

「忘了。好久以前的事了。起先很討厭人家這樣叫，現在倒無所謂了，什麼事情都會習慣噢。」

我們把啤酒空罐頭全部朝海投出後，就靠在堤防上，把連帽呢大衣從頭蓋下來，睡了一個鐘頭。醒來時，一種異樣的生命力漲滿全身，那種感覺很奇妙。

「跑100公里都沒問題。」我對老鼠說。

「我也是。」老鼠說。

不過實際上我們不得不做的是——到市政府繳納三年帶利息的分期付款，做為公園的修補費。

5

老鼠不讀書得厲害。我從來沒看過他讀除了體育報紙和廣告信函以外的印刷品。我有時候為了打發時間在讀的書，他總是好像蒼蠅看見蒼蠅拍似的稀奇地張望。

「幹嘛讀什麼書？」

「幹嘛喝什麼啤酒？」

我一口一樣輪流吃著醋泡竹筴魚和生菜沙拉，一面不看老鼠一眼地反問回去。老鼠對這問題想了半天，過了5分鐘才開口：

「啤酒的好處啊，在於全部變成小便出來，一出局一壘雙殺，什麼也沒留下。」

老鼠這麼說，一面看我繼續吃著。

「為什麼老讀書？」

我把最後一片竹筴魚就著啤酒一起吞下之後，收掉盤子，伸手拿起放在旁邊讀到一半的《情感教育》（*Sentimental Education*）開始啪啦啪啦一頁一頁翻著。

「因為福婁拜是已經死掉的人哪。」

「你不讀活著的作家的書嗎？」

「活著的作家一點價值都沒有。」

「為什麼？」

「因為對已經死掉的人，大部分事情好像都可以原諒。」

我一面看著吧台上手提式電視正在重播66號公路《Route 66》一面這樣回答。老鼠又沉思了一會兒。

「喂！活著的人又怎樣？大部分都不能被原諒嗎？」

「誰曉得，我還沒認真去想過。不過如果非要逼問，或許是吧，或許不可原諒吧！」

傑走過來，在我們前面又放了2瓶新的啤酒。

「不可原諒，那怎麼辦？」

「抱個枕頭睡覺啊！」

老鼠頗傷腦筋似地搖搖頭。

「好奇怪喲。我實在搞不懂。」

老鼠這樣說。

我在老鼠的玻璃杯裡，倒滿啤酒。他還是縮著身體，沉思了好一會兒。

「我上次最後看書，是在去年夏天。」老鼠說。「書名跟作者都忘了。為什麼看的也忘了。總之是女的寫的小說。主角是有名的服裝設計師，30歲左右的女人，總之深信自己得了不治之症。」

「什麼病？」

「忘了，八成是癌症吧，除了這個還有什麼不治之症嗎？……然後，她到一個海邊的避暑勝地，從開始到結束都在自慰。不管在浴室、在森林裡、在床上、在海裡，真是在各種地方。」

「海裡？」

「嗯……你相信嗎？為什麼連這個都要寫在小說上？其他該寫的事情要多少有多少，對嗎？」

「誰知道。」

「我可不敢領教，這種小說，噁心！」

我點點頭。

「如果是我，就寫完全不同的小說。」

「例如呢？」

老鼠一面用手指繞著啤酒杯邊緣轉著，一面考慮。

「你看這個怎麼樣？我坐的船在太平洋正中央沉沒了。於是我抓住一個游泳圈，一面望著星星，一面一個人孤零零地漂在黑夜的海上，安靜而美麗的夜晚喏。然後從對面，也有一個抓住游泳圈的年輕女孩游著過來。」

「漂亮女孩？」

「那當然。」

我喝了一口啤酒搖搖頭。

「總覺得有點愚蠢。」

「你先聽聽嘛。然後我們兩個就一起並排漂在海上，開始聊起天來。從哪裡來的？要往哪裡去？興趣是什麼？睡過幾個女人？電視節目，昨天做的夢，聊這些個話題，然後兩個人一起喝啤酒。」

「喲！等一下！到底哪來的啤酒？」

老鼠考慮了一下。

「漂在海上的啊。從船上的餐廳流出來的罐裝啤酒嘛。跟沙丁魚罐頭一起漂出來的，這總可以吧？」

「嗯。」

「不久天開始亮了，『接下來該怎麼辦？』女孩子問我。『我想游往看起來會有島的方向去。』女孩子說。『不過可能沒有島，與其如此，不如漂浮在這裡喝啤酒比較好，一定會有飛機來救我們的。』我說。不過女孩子還是一個人游走了。」

老鼠說到這裡喘一口氣，喝喝啤酒。

「女孩子連續游了兩天兩夜，終於游到一個島上去，我也連醉了兩天之後，被飛機救起來，然後啊，過了幾年，兩個人又在一個山邊的小酒吧偶然遇見了。」

「於是兩個人又一起喝起啤酒了對嗎？」

「不覺得可悲嗎？」

「大概吧。」我說。

6

老鼠的小說有兩個優點。首先是沒有做愛場面，然後是沒有一個人死掉。不去管他，人總會死，會跟女人睡覺。就是這麼回事。

♠

「你覺得我錯了嗎？」女孩子這樣問。

老鼠喝了一口啤酒，慢慢搖搖頭，「說白一點，大家都錯了。」

「為什麼這樣想？」

「嗯——」老鼠這樣哼著，然後用舌頭舔舔上唇，什麼也沒回答。

「我可是拚著老命，手都快游斷才游到島上的噢。痛苦得差一點死掉。而且呀，我一次又一次這樣想：或許我錯了！你才對。我這樣辛苦，為什麼你卻什麼也不做，光是不動地漂浮在海上呢？」

女孩子這樣說完淡淡一笑。憂鬱地按一按眼眶。老鼠坐立不安起來，下意識地摸摸口袋。三年來第一次忍不住非常想抽菸。

「如果我死掉，妳會覺得好過一點嗎？」

「有一點。」

「真・的・有一點？」「……我忘了啦。」

兩個人沉默了一會兒。老鼠又覺得不說點什麼好像不太好。

「嗨！人生來就是不平等的嘛。」

「誰說的？」

「約翰・F・甘迺迪。」

7

小時候，我是個話非常少的少年。父母親很擔心，就帶我到認識的精神科醫生家裡去。

醫生家在一個看得見海的高地上，我一坐在日照很好的客廳沙發上，就有一位氣質很好的中年婦人送來冰涼的柳橙汁和兩個甜甜圈。我一面注意別把糖粉撒在膝上，一面把甜甜圈吃掉一半，把柳橙汁喝光。

「還想再喝嗎？」醫生問我，我搖搖頭。只剩下我們兩個面對面。正面牆上一張莫札特的肖像畫，像一隻膽小的貓一樣，含著怨氣瞪著我。

「從前有個地方，有一隻人很好的山羊。」

非常不錯的開場白，我閉著眼睛想像人很好的山羊。

「山羊的脖子上總是掛著一條沉重的金錶。一面呼呼喘著大氣，一面走來走去。說到那金錶，不但亂重的，而且壞了不能動。這時候剛好兔子朋友走來這樣說：『山羊兄啊！為什麼你要掛一個不會動的錶呢？不是又重又沒用嗎？』山羊說：『重是很重，不過我已經習慣了，對錶重和不動都習慣了啊。』」醫生這樣說著，就一面喝起自己的柳橙汁，一面笑咪咪地看著我。我默默等他繼續說。

「有一天，山羊先生過生日，兔子送了他一個繫著漂亮絲帶的小禮盒，裡面裝的是一個閃閃發亮，非常輕，又非常準的新錶。山羊先生非常高興，就把這新錶戴在脖子上，到處去給每個人看。」

說到這裡故事突然結束。

「你是山羊，我是兔子，錶是你的心。」

我像受騙了似的，沒辦法只好點點頭。

每星期一次，禮拜天下午，我搭電車轉巴士到醫生家，一面吃些咖啡捲、蘋果派、鬆餅，或沾有蜂蜜的新月形麵包，一面接受治療。雖然只有一年左右的期間，我卻因此連牙醫都不得不去看了。

所謂文明就是一種傳達，他說。如果有什麼不能表達，就等於不存在一樣。好嗎？零噢。如果你肚子餓，只要說一句「我肚子餓」就行了。我給你餅乾，你可以吃。（我抓起一塊餅乾。）你什麼都不說的話就沒有餅乾。（醫生壞心眼地將餅乾盤藏到桌子下面。）零噢。懂嗎？你不想說話，但是肚子餓。於是你想不用語言來表達。可以用比手畫腳的遊戲gesture game。試試看。

我捂著肚子做出痛苦的表情。醫生笑了，說那是消化不良啊。

消化不良……。

其次我們所做的是自由談話free talking。

「關於貓，你說說看，什麼都行。」

我裝出思考的樣子，一次次轉著腦袋。

「只要想到的，什麼都可以說。」
「四隻腳的動物。」
「那大象也是啊。」
「比那小得多。」
「然後呢？」
「被人家養在家裡，高興起來會捉老鼠。」
「吃什麼？」
「魚。」
「香腸呢？」
「香腸也吃。」
就像這樣。
醫生說得很對，文明是一種傳達。如果失去可以表現、傳達的東西，文明便結束。喀嚓……ＯＦＦ。
14歲那年春天，難以相信地，就像決了堤似的，我突然開始說話。雖然說了什麼已經完全記不得了，但像要填滿14年之間的空白似的，我花了三個月時間，不停地說，直到7月中旬，說完的時候發燒到40度，連續三天沒去上學。結果等熱度退了之後，我變成一個話不多也不少的平凡少年。

8

大概因為口渴吧，我醒來的時候還不到早晨6點。在別人家裡醒過來，每次都會覺得像一個身體裡，勉強塞進別的靈魂一樣。好不容易從狹小的床上站起來，到門邊一個簡陋的流理台前，像馬一樣連續喝了幾杯水之後，又回到床上。

從一直開著的窗戶，看得見一點點海。微小的波浪，閃閃反射著剛剛升起不久的太陽，凝神注視時，看得見幾艘髒兮兮的貨船，不大耐煩似地漂浮著。看來好像會是很熱的一天。周圍的房子還安靜地睡著，如果說能聽見什麼的話，就是偶爾電車軌道的輾軋聲，和收音機播出的微弱的體操旋律而已。

我赤裸地靠著床背，點起香菸，然後望望旁邊睡著的女孩。從朝南的窗口直接照進來的陽光，灑滿女孩子全身。她把毛巾被踢到腳下，沉沉地睡著。偶爾氣息急促起來，形狀美好的乳房便上下動著。身體看來像曬了不少太陽，不過因為經過了一段時間，開始有點變色，泳衣的形狀，把沒曬到的部分，清楚地留下異樣的白色。看起來簡直像快腐敗了似的。

抽完菸，我花了大約10分鐘努力回想女孩子的名字，但是沒有用。第一，我是不是知道女孩子的名字都想不起來了。我放棄地打個呵欠，再看一次女孩子的身體。年齡大約比20歲輕一點，算是瘦的一型。我把手指儘量張開，從頭開始順序量著她的身高，手指重疊了8次，最後在腳跟附近只剩下1根拇指頭那麼長。大約有158公分吧。

右邊乳房下有10圓硬幣大小的一片像醬油滴漬般的黑斑。下腹部細細的陰毛像洪水流過後小河裡的水草一樣，舒服地群生著。而她的左手只有4隻手指。

9

等到她醒過來，已經足足過了3小時，而且從她醒來到能夠多少搞清楚狀況為止，又花了5分鐘。在那時間裡，我交抱著雙手，一直眺望浮在水平線上厚厚的雲彩，正變換著形狀流向東方。

過一會兒，我回過頭時，她已經把毛巾被拉到脖子上，把全身裹在裡面，一面跟殘留在胃裡的威士忌氣味戰鬥，一面毫無表情地抬頭看我。

「你是……誰？」

「不記得了嗎？」

她只搖了一次頭。我點上香菸，看她要不要一根，結果她不理會。

「你解釋啊！」

「從哪裡開始？」

「從頭開始。」

到底哪裡算是頭，我也搞不清楚，而且要怎麼跟她說，才能讓她接受，我也不清楚。或許順利，或許行不通。我大約考慮了10秒鐘開始說。

「雖然很熱，不過卻是愉快的一天，我下午在游泳池游過泳，回到家睡了一下午覺，起來吃晚飯，大概過了8點吧。然後我開車出去散步。把車停在海岸道路上，一面聽收音機一面看海。每次都這樣。

「過了大約30分鐘，忽然很想看看什麼人。一直只看海，就會想看人，看多了人，又會想看海。真是奇怪。於是我決定到『傑氏酒吧』去。因為想喝啤酒，而且在那裡多半可以看到朋友。可是那傢伙不在。我只好一個人喝。一個鐘頭喝了三瓶啤酒。」

我說到這裡打斷話題，把菸灰彈在菸灰缸。

「對了，妳讀過《熱鐵皮屋頂上的貓》（*Cat on a Hot Tin Roof*）嗎？」

她沒回答，就像被撈上海灘的美人魚一樣，緊緊包在毛巾被裡，瞪著天花板。我不在乎地繼續說下去。

「我的意思是，每次一個人喝酒就會想起那個故事。現在我腦子裡想到『叮噹一聲就會輕鬆一點』。不過現實生活可沒那麼簡單，也沒發出什麼聲音。不久等得不耐煩了，就打電話到那傢伙的公寓去，想找他一起出來喝一杯，結果，接電話的是個女的……那種感覺很奇怪。那傢伙不是這一型的。例如就算他帶了50個女人進房間，爛醉如泥了，自己的電話，還是一定會自己接的。妳了解嗎？

「我裝作撥錯號碼，道歉一聲掛了電話。掛上以後心情有點不好。雖然不知道為什麼。於是又喝了一瓶啤酒，不過心情還是沒有好轉。當然我也想到這樣太傻了。不過就是這樣。喝完啤酒，我把傑叫來結完帳，想回家聽完體育新聞棒球比賽的結果就睡覺的。傑叫我去洗把臉。有人相信就算喝了一箱啤酒，只要洗一把臉，就可以開車了。沒辦法我只好到洗手間去洗臉。老實說我實在並不打算去洗臉，只假裝去洗而已，那家店的洗手間排水口經常塞住會積水，所以並不想進去。不過昨天晚上非常稀奇，居然沒有積水，卻發現妳躺在地上。」

她嘆了口氣閉上眼睛。

「然後呢？」

「我把妳抱起來，帶出洗手間，問遍店裡的客人，看看有沒有人認識妳。結果誰都不認識。然後我跟傑兩個人幫妳處理傷口。」

「傷口？」

「跌倒的時候，頭碰到什麼了吧。不過不是什麼不得了的傷。」

她點點頭，把手從毛巾被裡抽出來，用指尖輕輕按一下額頭的傷口。

「然後我跟傑商量，看看該怎麼辦才好。結果決定由我開車送妳回家。把妳皮包內的東西倒出來，倒出錢包、鑰匙環，和寄給妳的一張明信片。我用妳錢包裡的錢幫妳付了帳，再照明信片上的住址送妳回到這裡，打開鎖，把妳放在床上睡下，就是這樣而已，收據還在錢包裡呢。」

她深深吸了一口氣。

「為什麼住下來？」

「？」

「為什麼把我送回來以後，不馬上離開？」

「我有一個朋友因為急性酒精中毒死掉。他猛喝威士忌之後，說一聲莎喲哪拉，還滿有精神地走回家，刷完牙換好睡衣，上床睡覺的噢。可是到早上已經僵冷死掉了。還舉行了盛大的葬禮呢。」

「……於是你就整個晚上留下來照顧我？」

「本來4點左右想回去的，不過居然睡著了。早上起來也想回去的，可是，算了。」

「為什麼？」

「我想至少總得跟妳說明一下，到底怎麼回事啊。」

・・・・・・

「真是設想周到啊！」

我縮起脖子，以便閃躲她那話中滿含的毒意。然後看看雲。

「我……說了什麼沒有？」

「說了一些。」

「什麼方面？」

「各方面哪，不過我都忘了。沒什麼重要的。」

她閉著眼睛，在喉嚨深處哼道。

「明信片呢？」

「放在皮包裡呀。」

「你看了嗎？」

「開玩笑。」

「為什麼？」

「因為沒必要看哪。」

我不耐煩地這樣說。她的語氣裡，有些令我生氣的東西。除了這點之外，本來她使我有點依戀的。就像很久以前曾經熟識的什麼似的。我總覺得如果在極正常的狀況下相遇的話，或許我們能相處得愉快一點。但實際上，所謂極正常的狀況下和女孩相遇，到底又是怎麼一種情況，我簡直無法想像。

「幾點了？」

她這樣問。我稍微鬆一口氣站了起來，看看桌上的電子鐘，然後在玻璃杯裡倒了水走回來。

「9點。」

她無力地點點頭，然後起床，就那樣靠著牆，一口氣把水喝乾。

「我喝很多嗎？」

「相當多吧，要是我一定已經死掉了。」

「差一點死掉啊。」

她伸手拿起枕頭邊的香菸點上火，隨著嘆氣一起把煙吐出來，突然把火柴棒從開著的窗口往海港的方向用力扔出去。

「幫我拿衣服。」

「什麼樣的？」

她還含著菸，又再一次閉上眼睛。「什麼都可以，拜託不要問問題。」

我打開床對面的衣櫃門，稍微猶豫一下，選了一件無袖的藍色洋裝拿給她。她內衣也沒穿，就從頭上套下來，自己把背後的拉鍊拉上，又嘆了一次氣。

「不走不行了。」

「去哪裡？」

「上班哪。」

她像吐出一口氣似地這樣說完，就東倒西歪地從床上站起來。我還坐在床的一端，毫無意義地一直望著她洗臉，用梳子梳頭髮。

房間整理得很整齊，不過那也只不過到某種程度為止，再進一步就沒辦法只好放棄的那種氣氛飄散在周圍，使我心情有幾分沉重。

三坪左右的房間裡，便宜的家具一應俱全地塞滿之後，只剩下一個人勉強可以躺下的空間，在這種程度的空間裡，她正站著梳頭髮。

「什麼樣的工作？」

「跟你沒關係。」

確實如此。

一根香菸可以燒完的時間裡，我一直保持沉默。她背對著我，在鏡子裡用手指連續壓著眼睛下面現出的黑圈。

「幾點？」她又問了一次。

「10分鐘過去了。」

「已經沒時間了。你也快點穿衣服回你自己家去吧。」她這樣說著，就在腋下噴起香水。「當然有家吧？」

「有啊！」說完我套上T恤，依然坐在床上，再望了一次窗外。

「妳要到哪裡？」

「港口附近。怎麼呢？」

「我開車送妳，免得妳遲到。」

她一隻手還拿著梳子，以一副馬上就要哭出來似的眼神一直凝視著我。如果哭得出來一定會輕鬆一點！我想。但是她沒有哭。

「嘿！這一點拜託你記清楚。我確實是喝多了醉了。所以就算發生了什麼討厭的事，那也是我自己的責任喏。」

她這樣說完，就用梳子的柄，近乎機械式地在掌心劈里啪啦地連拍了幾下。我沉默地等她繼續說。

「對嗎？」

「大概吧。」

「不過噢，會跟一個失去知覺的女孩子睡覺的傢伙，是……最低級的。」

「可是我什麼也沒做啊。」
她好像在克制激動的情緒似的，沉默了一下。
「那我為什麼沒穿衣服？」
「是妳自己脫掉的。」
「我才不相信呢。」
她把梳子甩在床上，把錢包、口紅、頭痛藥等七零八碎的東西塞進皮包。
「喂！你真的能證明什麼都沒做嗎？」
「自己檢查一下不就行了？」
「怎麼檢查？」
她好像真的認真生氣了。
「我發誓。」
「我才不相信。」
「妳不能不信哪。」我說完，不耐煩起來。
她放棄再說下去，把我趕出房間，自己也走出來把門鎖上。

我們一句話也沒說，沿著河邊的柏油路走到停車的空地去。

當我用衛生紙把擋風玻璃上的灰塵擦掉時，她滿臉懷疑地慢慢繞著車子一周，然後望了一下引擎蓋上用白漆畫的一張大大的牛臉。牛鼻子上帶著一個大鼻環，嘴上含了一朵白玫瑰笑著。非常輕薄的一種笑法。

「是你畫的嗎？」

「不，是以前的車主畫的。」

「為什麼要畫牛呢？」

「誰曉得。」我說。

她退後兩步，再望了一次牛的畫，然後好像很後悔話說太多似的，閉上嘴上了車。

車子裡非常熱，一直到港口她都沒說一句話。只是不斷用毛巾擦著滴下來的汗，一面不停地抽菸。點一根菸才抽三口，就像要檢查濾嘴上的口紅印似地盯著瞧半天，然後把菸在車上的菸灰缸按熄，又點起下一根。

「嘿！昨天晚上，我到底說了什麼話？」

臨下車的時候，她突然這樣問。

「各種話啊。」
「一種就好了，告訴我吧！」
「甘迺迪的事。」
「甘迺迪？」
「約翰・F・甘迺迪。」
她搖搖頭，嘆了一口氣。
「我什麼都不記得了。」
下車的時候，她什麼也沒說，卻把一張千圓鈔票塞進後視鏡背後。

10

非常熱的夏夜。熱得蛋都可能變成半熟的地步。
我像往常一樣，用背推開傑氏酒吧沉重的門，然後吸進冷氣很冷的空氣。店裡瀰漫著香菸、威士忌、炸薯條、腋下和下水道的氣味，像年輪蛋糕那樣，一層一層重疊地沉澱著。

我跟平常一樣在吧台盡頭的位子坐下，背靠著牆，環視店裡一周，有三個穿著沒見過的制服的法國水兵，帶著兩個女人，還有一對20歲左右的情侶，只有這樣而已，沒看見老鼠。

我點了啤酒和牛肉三明治，拿出書來，決定慢慢等老鼠。

過了10分鐘左右，有一個乳房像葡萄柚，穿著華麗洋裝約30歲的女人走進店裡，在我旁邊隔一個位子坐下，然後跟我剛才做過的一樣，環視了店裡一周之後，點了gimlet。她只喝了一口飲料就站起來，打了一通長得教人不耐煩的電話，講完之後就抱著皮包走進廁所。結果在40分鐘之間重複了3次。一口gimlet、長電話、皮包、廁所。

酒保傑走到我面前來，以不耐煩的表情說道「也不怕屁股磨破噢？」他雖然是中國人，卻比我更會說日本話。

女人第三次從廁所回來時，環視了四周一下然後滑到我旁邊，小聲說：

「嗨！不好意思，借我硬幣好嗎？」

我點點頭，把口袋裡的硬幣搜出來排在吧台上。10圓硬幣一共有13個。

「謝謝你！太棒了。有這些我就不用向店裡換，看他們的臉色了。」

「不客氣，我也樂得一身輕鬆。」

她微笑著點點頭，迅速地抓起硬幣就往電話的方向消失了。

我放棄再看書，拜託傑把手提式電視機拿上吧台來，一面喝啤酒，一面看棒球轉播。熱鬧的比賽。光是在4局上半，兩名投手就被擊出6支安打，其中還包括2支全壘打，一個外野手受不了貧血發作暈倒了，在換投手的時候，插播了6支廣告，包括啤酒、人壽保險、維他命丸、航空公司、洋芋片和衛生棉的廣告。

法國水兵中的一個，好像沒釣到女人，手裡拿著啤酒杯走到我後面來，用法語問我在看什麼。

「棒球。」我用英語回答。

「Baseball？」

我簡單說明了一下規則。那個男的把球投出去，這傢伙用棒子打，跑一圈得一分，水兵安靜地看了電視5分鐘，但一等到上廣告，就問我為什麼點唱機裡沒有喬尼·哈里迪（Johnny Hollyday）的唱片。

「因為不紅，所以沒有。」我說。

「那麼法國歌手誰比較紅？」

「阿達摩（Salvatore Adamo）。」

「他是比利時人哪。」

「米契．波拉瑞夫（Michel Polnareff）。」

「Merde（狗屎）。」

水兵那樣說完就回到原來那桌去。

到第5局上半場時，女人才好不容易又回來。

「謝謝！讓我請你什麼吧！」

「不用客氣。」

「我的脾氣是借了東西一定要還，不然就不自在，不管是好是壞。」

我本來打算微微一笑，卻做不好，只默默點頭而已。女人用手指把傑叫來，然後說：「給這位啤酒，給我gimlet。」傑正確地點了3次頭。消失在吧台的一端。

「你等的人沒來，對嗎？」

「好像是。」

「對方是女孩子嗎？」

「是男的。」

「那跟我一樣噢。我們好像可以談得來的樣子。」

我沒辦法只好點點頭。

「嘿！你看我幾歲？」

「28。」

「你說謊噢？」

「26。」

女人笑了。

「不過我倒不生氣，你看我是單身？還是有丈夫？」

「猜對有獎金嗎？」

「可以呀。」

「結婚了。」

「嗯……猜對一半。上個月才剛離婚。你以前有沒有跟離婚的女人說過話？」

「沒有。不過倒看過神經痛的牛。」

「在哪裡？」

「大學實驗室裡。一共動用5個人，才好不容易把牛推進教室。」

女人好像很樂地笑著。

「學生嗎？」

「嗯。」

「我以前也是學生噢，60年左右，那真是個美好的時代。」

「哪方面？」

她什麼也沒說，只是咯咯咯地笑著喝了一口gimlet，就又像想起什麼似的，突然看看手錶。

「我又必須打電話了。」說著拿起皮包站起來。

她消失後，我的問題還沒得到解答，一時飄在空中懸著。

我把啤酒喝完一半，就叫傑來算了帳。

「想逃走嗎？」傑說。

「對。」

「討厭比你大的女人？」

「跟年齡無關。總之老鼠如果來了，幫我問候一聲。」

我走出店門時，女人正打完電話，第四次要進廁所。

回家的路上，我一直吹著口哨。那好像是在哪裡聽過的旋律，但歌名老是想不起來，是很久以前的歌。我在海岸道路上停下車，一面望著暗夜的海，一面努力試著想歌名。

那是「米老鼠俱樂部之歌」，我想歌詞是這樣：

「大家快樂的約定語。
MIC・KEY・MOUSE。」

或許確實曾經是美好的時代。

11

ON

嗨！各位晚安！您好嗎？我今天心情特別愉快，很想把快樂分一半給大家。這裡是NEB廣播電台，又到了各位所熟悉的「熱門歌曲電話點播」時間，從現在開始到9點為止，是美麗的星期六晚上的兩個鐘頭，為您熱烈播出再度紅起來的熱門歌曲、懷念的曲子、快樂的曲子、討厭的曲子、噁心的曲子……什麼都可以，請踴躍打電話。電話號碼各位知道吧？好不好？不要撥錯號碼噢！「撥的人損失，接的人麻煩，」字數不符和歌的五七五。打錯電話就多此一舉了。不過從6點接受點播開始，一個鐘頭裡，電台的10線電話一直響個不停。各位聽眾要不要聽一聽電話鈴聲？……怎麼樣？不得了吧？很好——就是這樣！一直撥到手指撥斷為止，不停地撥啊！說到上星期，電話打太多，結果保險絲燒斷了，造成大家的困擾。不過已經沒問題了。昨天我們改裝特別製造的電纜，跟大象的腿一樣粗的，不用說「大象的腿，比長頸鹿的腿，還要粗」字數還是不符和歌的五七五。所以請放心，瘋狂地打吧！就算廣播電台全體員工都接瘋了，保險絲也絕對不會再燒斷。可以嗎？很好——。今天天氣還是熱得令人受不了，不過讓我們聽聽愉快的搖滾樂把熱氣吹散好不好？美好的音樂就是為這個存在的，就像可愛的女孩子一樣。OK——第一曲，這一曲只要安靜聽就好了。真是非常棒的曲子，讓您忘記炎熱，布魯克·班頓（Brook Benton）的〈Rainy Night in Georgia〉。

OFF

……哇！怎麼這麼熱，

真受不了……

……對，就是這樣啊……

……喂！冷氣開強一點好嗎？……真是地獄！……嘿！少來！我滿身是汗哪……

……喂！喉嚨渴死了，誰幫我拿冰涼的可樂來好嗎？

……沒問題。不會要小便啦。我的膀胱啊，特別強壯……對！膀胱……

……謝謝！蜜小姐，好棒啊……嗯，冰得好涼啊……

……嘿！沒有開瓶器喲……

……傻瓜！總不能用牙齒開吧？……喂！唱片放完了噢。沒時間啦，別惡作劇好嗎！……快點，拿開瓶器來……

……畜生……

ON

好棒噢！這才是音樂啊。布魯克．班頓，〈喬治亞的雨夜〉，現在涼快一點了吧？不過話說回來，今天最高氣溫你猜幾度？37度噢，37度。就算是夏天，也太熱了。這簡直是烤箱嘛。如果是37度，說起來一個人安靜不動，還不如抱一個女孩子來得涼快一點。你相信嗎？OK，閒話少說，到此為止。現在開始放唱片，Creedence Clearwater Revival唱的〈Who will Stop the Rain〉，大家一起來吧！Baby——。

OFF

……喂！喂！不用了！已經用麥克風的腳架打開了……

……嗯、好好喝……

……沒問題，不會打嗝啦，你真不放心啊……

……喂！棒球怎麼樣了？……別台正在轉播中吧？……

……喂！等一下，為什麼電台連一部收音機也沒有？這是犯罪的呀……

……知道了，算了。不管怎麼樣，現在想喝啤酒了，好冰好冰的……

……喂！糟糕，想打嗝了……

……嗝！……

12

7點15分電話鈴響了。

我躺在客廳籐椅上，一面喝著罐裝啤酒，一面不停地抓起乳酪餅乾往嘴裡塞。

「喂！晚安！這裡是N・E・B廣播電台的《熱門歌曲電話點播》節目。你是不是在聽收音機？」

我急忙把嘴裡的乳酪餅乾用啤酒吞進喉嚨裡。

「收音機？」

「對，收音機。文明所產生的……嗝……最優越的機器。比吸塵器精密、比冰箱小、比電視機便宜。你剛才在做什麼？」

「在看書。」

「嘖、嘖、嘖，這樣不行啦。怎麼可以不聽收音機。老是看書只會變孤獨噢，對不對？」

「嗯。」

「書這種東西呀，是在煮義大利麵的時候，為了打發時間，一手拿著看的，懂嗎？」

「噢。」

「好吧！嗝……看樣子我們會談得很來。對了，你有沒有跟不停打嗝的主持人說過話？」

「沒有。」

「那麼這是第一次囉。正在聽收音機的各位也是第一次聽見吧？可是我為什麼會在節目中打電話給你，你知道嗎？」

「不知道。」

「其實是這樣的，有一位女孩子點了一首曲子，……嗝……要請你聽。你知道是誰嗎？」

「不知道。」

「點的曲子是Beach Boys的〈California Girls〉，令人懷念的曲子吧？怎麼樣？有沒有想到什麼？」

我想了一想，然後說完全不知道。

「哎……真傷腦筋！如果你答對的話，我們要送你一件特別設計的T恤呢。你好好想一想嘛。」

我又再想了一想。這次稍微想起一丁點，不過記憶的角落裡，還是覺得有什麼東西卡著。

「California Girls……Beach Boys……怎麼樣？想起來沒有？」

「這麼說，5年前我好像跟班上一位女生借過一張唱片。」

「什麼樣的女生？」

「畢業旅行的時候，我幫她找隱形眼鏡，她為了謝我，就借我唱片。」

「隱形眼鏡啊……不過你唱片還她沒有？」

「沒有，被我搞丟了。」

「那可不太妙噢。買也要買一張還人家才好。對女孩子嘛，可以借東西給她……嗝……卻不能欠她東西喲。懂嗎？」

「我懂了。」

「好吧——大約5年前畢業旅行的時候，掉了隱形眼鏡的她，當然也在聽收音機吧？——那麼她的名字呢？」

我把好不容易才想起來的名字說出來。

「嗨！他說要買一張唱片還妳喲。太棒了！……對了，你今年幾歲？」

「21歲。」

「真棒的年紀啊。學生嗎？」

「是。」

「……嗝……」

「啊？」

「主修什麼？」

「生物學。」

「噢……喜歡動物？」

「嗯。」

「哪方面的？」

「……不笑的方面吧！」

「哦？動物不笑嗎？」

「狗和馬稍微會笑一點。」

「呵呵，什麼樣的時候？」

「快樂的時候。」

我好幾年來，第一次覺得突然想生氣。

「那麼……嗝……如果有所謂狗的相聲師也滿不錯囉？」

「你大概就是！」

「哈哈哈哈哈。」

13

〈California Girls〉

Well, the East Coast girls are hip,
I really dig those styles they wear,
And the Southern girls with the way they talk,
they knock me out, when I'down there.
The Midwest farmer's daughters
really make you feel all-right;

And the Northern girls with the way they kiss,
They keep their boyfriends warm at night.
但願漂亮女孩子，全都是California girls……。

14

T恤在第三天下午寄來。
是這樣的一件T恤。

15

第二天早晨，我穿上那件全新硬邦邦、毛扎扎的T恤，在港邊漫無目的地散步一陣子之後，推開一間偶然看見的小唱片行的門。店裡沒看見客人。只有一位女店員坐在櫃台，一面不耐煩地檢查著傳票，一面喝著罐裝可樂。我看了一下唱片架之後，突然發現她是我見過的。就是一星期以前，睡倒在洗手間沒有小指頭的女孩子。嗨！我說。她有點吃驚地看看我的臉，看看T恤，然後把罐裝可樂喝乾。

「你怎麼知道我在這裡上班？」

她好像放棄什麼似地這樣說。

「偶然哪！我是來買唱片的。」

「什麼唱片？」

「Beach Boys的那張有〈California Girls〉的LP。」

她頗覺懷疑似的，點個頭站起來，大步走到唱片架旁，像訓練良好的狗一樣，抱著唱片回來。

「這張可以嗎？」

我點點頭，手還插在口袋裡，眼睛往店裡瀏覽一圈。

「然後貝多芬的第3號鋼琴協奏曲。」

她不說話，這次拿了2張LP回來。

「葛雷・顧爾德（Glenn Gould）和巴克豪斯（Wilhelm Backhaus），你要哪一張？」

「葛雷・顧爾德的。」

她把1張放在櫃台，1張放回原位。

「其他呢？」

「有〈穿印花布女郎〉（A Gal in Calico）的邁爾士・戴維斯（Miles Davis）的。」

這次稍微多花了些時間，不過她到底還是抱著唱片回來了。

「然後呢？」

「這樣就可以了。謝謝。」

她把3張唱片排在櫃台上。

「這些你全部都聽嗎？」

「不，是要送人的。」

「真慷慨啊。」

「好像是。」

她有點拘束地聳聳肩，說一共五千五百五十圓。我付了錢，接過包好的唱片。

「不管怎麼樣，反正托你的福，中午以前總算賣了3張唱片。」

「那倒幸虧噢。」

她嘆了一口氣坐回櫃台裡的椅子上，又開始翻起那疊傳票。

「每次都妳一個人看店嗎？」

「還有一個女孩子，現在去吃飯了。」

「妳呢？」

「她回來再跟我換班。」

我從口袋掏出香菸點上，看她作業了一會兒。

「嗨！要不要一起吃飯？」

她眼睛不離開傳票地搖搖頭。

「我喜歡一個人吃。」

「我也一樣。」

「是嗎？」

她一副嫌麻煩地把收據夾在腋下，去把唱機的唱針放在哈伯斯．比薩爾（Harpers Bizarre）的新專輯上。

「那你為什麼邀我？」

「有時候想改變一下習慣。」

「你一個人改變好了。」

她把傳票放在手上，繼續開始作業。「別再來煩我。」

我點點頭。

「我記得上次說過了，你是最低級的。」

她這樣說完後噘起嘴，用四隻手指，叭啦叭啦翻著整本傳票。

16

我走進傑氏酒吧的時候，老鼠正把手肘支在吧台上，表情嚴肅地在讀著亨利．詹姆斯（Henry James）的一本像電話號碼簿一樣厚得嚇人的小說。

「好看嗎？」

老鼠把臉從書上抬起來，搖搖頭。「不過，自從上次跟你談過話，我倒是讀了滿多書的。你知道『與其貧乏的真實，我更愛華麗的虛偽。』這句話嗎？」

「不知道。」

「是法國導演羅傑・華汀（Roger Vadim）說的，還有這種說法『所謂優越的知性，就是同時擁有兩種互相對立的概念，又能充分發揮兩者的機能。』」

「這是誰說的？」

「忘記了，你覺得是真的嗎？」

「謊話。」

「為什麼？」

「如果半夜3點醒過來，肚子空空的，打開冰箱卻什麼也沒有，怎麼辦？」

老鼠想了一下，然後大聲笑起來。我把傑叫過來，點了啤酒和炸薯條，把包好的唱片拿出來遞給老鼠。

「這是什麼？」

「生日禮物。」

「可是是下個月呀。」

「下個月我就不在了啊。」

老鼠拿著唱片沉思起來。

「這樣嗎？好寂寞啊。你不在的話。」老鼠說著打開包裝，拿出唱片看了一下。

「貝多芬第3號鋼琴協奏曲、葛雷・顧爾德、伯恩斯坦。嗯……沒聽過，你呢？」

「我也沒有。」

「總之謝了。說白一點，我太高興了。」

17

三天裡，我繼續找著她的電話號碼。那個借我Beach Boys唱片的女孩。

我到高中學校的辦公室查畢業生名冊，找出來了。可是我打那號碼，卻只有電話錄音，說那個號碼現在是空號。我打查號台說出她的名字，可是接線生找了5分鐘後說，這芳名電話簿上沒有登記。說到這芳名的時候，感覺滿好的。我道了謝掛上電話。

第二天，我打電話給過去的幾個同班同學，問問看知道她的近況嗎？沒有一個人知道她怎麼樣了。大部分連她的存在都不記得了。最後一個不知道為什麼，對我說，我不要跟你講話，說完就把電話掛掉。

第三天我再去學校一次，在辦公室問到了她所上的大學校名。那是一所在半山腰上的二流女子大學的英文系。我打電話到大學辦公室，自稱是McCormick味好美調味醬料負責追蹤調查的人，為了問卷的事要跟她聯絡，想知道她的正確住址和電話號碼。不好意思，因為有重要事情，麻煩一下……等客套一番。辦事員說要查一下，能不能15分鐘後再打一次。我喝完一瓶啤酒後，再打，辦事員告訴我她今年3月申請退學，理由是養病，他說。不過病因是什麼？現在是不是恢復得可以吃沙拉了？還有為什麼不申請休學要申請退學？他什麼也不知道。

有沒有住址？舊的也可以。我問了以後，他幫我查出來，是學校附近租給學生的房子。我往那裡打電話，一個像是女主人的人接的，她說春天搬出去就不知去向了。說完掛了電話。一副也不想知道的掛法。

那是我跟她之間，聯繫的最後一根線索。

我回到家，一面喝啤酒，一面一個人聽〈California Girls〉。

「嗯，我經常都希望這樣。」

她沉默了一下。

「今天晚上可以見個面嗎？」

「可以呀。」

「8點在傑氏酒吧，可以嗎？」

「好哇。」

「……還有，因為我碰到很多不愉快的事。」

「我知道。」

「謝謝。」

她掛上電話。

19

說來話長，不過我已經21歲了。

還足夠年輕，卻已經沒有以前那麼年輕了。如果對這點還不滿意的話，那麼除了星期天早上爬到帝國大廈，從屋頂跳下之外，沒有別的辦法了。

我在描述經濟大恐慌時期的老電影裡，聽過這樣的笑話。

「你知道嗎？我每次從帝國大廈下面經過的時候都要撐一把傘，因為上面總是有人劈里啪啦掉下來。」

我21歲，至少現在還沒打算死。我到目前為止跟三個女孩子睡過。

第一個女孩是高中同班同學，那時候我們17歲，兩人都完全相信自己深愛著對方。在一個黃昏的樹林裡，她脫下茶色便鞋，脫下白色棉襪，脫下淺綠色泡泡紗洋裝，脫掉很明顯不合尺寸的奇怪內衣，稍微猶豫了一下之後，剝下手錶，然後我們在《朝日新聞》星期日版上面互相擁抱。

我們在高中畢業後沒幾個月突然分開。原因已經忘了。不過就是可以忘掉那種程度的原因而已。從此以後我一次也沒再見過她。睡不著的夜裡，常常想起她，如此而已。

第二個對象，是在地下鐵新宿車站裡遇見的嬉皮女孩。她16歲，身無分文，連睡覺的地方都沒有，而且連乳房都幾乎沒有。倒有一對看起來頭腦不錯的漂亮眼睛。那是新宿示威遊行鬧得很兇的夜晚。電車、巴士，一切都完全停止。

「妳在那裡逛來逛去，不怕被逮？」我跟她說。她縮在已經關閉的剪票口裡，蹲著看從紙屑桶撿來的體育報紙。

「可是警察會給我飯吃啊。」

「會給妳厲害瞧吧。」

「習慣了啊。」

我點起一根菸，也給她一根。因為催淚瓦斯的關係，眼睛刺刺的疼。

「沒吃東西吧？」

「早上到現在。」

「怎麼樣，帶妳去吃東西，反正到外面來吧。」

「為什麼要帶我去吃東西？」

「不為什麼啊。」為什麼我也不知道。我把她從剪票口拖出來，從無人的街道走到目白區。

這個話非常少的女孩子，在我租的房子住了一星期左右。她每天中午過後醒來，吃過飯就抽菸，迷迷糊糊地看書、看電視，有時候有氣無力地跟我做愛。她唯一擁有的東西，是那個白色帆布袋，裡面只有1件厚風衣、2件T恤、1條牛仔褲、3件穿髒的內褲和1盒衛生棉條。

「妳是從哪裡來的？」

有時候我這樣問她。

「從你不知道的地方。」

她這樣回答，除此之外，就不再開口。

有一天我從超級市場抱著食品袋回來時，她已經不見了。她的白色帆布袋也不見了，除此之外不見的東西還有好幾樣。散在桌上的僅有零錢、整條香菸，還有我剛洗好的T恤。書桌上有一張筆記撕下來像留言條的紙頭上，只寫著一句「討厭的傢伙」。那或許是指我吧。

第三個對象，是在大學圖書館裡認識的法文系女生，不過她在第二年春假，在網球場旁貧瘠的雜木林裡上吊死了。屍體直到新學期開始之後才被發現，足足吊著被風吹了兩星期。現在天一黑，誰都不敢走近那樹林。

20

她在傑氏酒吧心神不寧地坐在吧台前，用吸管在冰幾乎快溶光的薑汁汽水的玻璃杯底攪拌著。

「我以為你不來了。」

我在旁邊一坐下，她就鬆一口氣似地這樣說。

「不會失約的。有事情稍微晚了。」

「什麼樣的事？」

「皮鞋呀，我擦了皮鞋。」

「你那雙籃球鞋？」

她指著我的運動鞋，深表懷疑地說。

「怎麼可能！是我爸爸的皮鞋，這是家訓。說是兒子必須幫老爸擦皮鞋。」

「為什麼？」

「誰知道。大概皮鞋象徵什麼吧？總之我爸每天晚上像蓋章似的固定8點回家。

我擦完皮鞋，每次都跑出來喝啤酒。」

「真是好習慣。」

「妳覺得嗎？」

「嗯，應該謝謝你父親。」

「我每次都很感謝我爸只有兩隻腳。」

她咯咯咯地笑。

「一定是很體面的家。」

「噢，體面之外還沒有錢，快樂得眼淚都快掉下來。」

她用吸管尖端繼續攪拌薑汁汽水。

「不過我家更窮。」

「妳怎麼知道？」

「聞味道哇。就像有錢人可以聞出有錢人，窮人也可以聞出窮人的味道。」

我把傑拿來的啤酒倒在玻璃杯裡。

「妳父母親在哪裡？」

「我不想說。」

「為什麼？」

「體面的人總是不喜歡把自己家亂七八糟的事告訴人家。對嗎？」

「那妳是體面的人囉？」

她考慮了15秒。

「是想變成那樣。滿認真的噢。誰不都是這樣嗎？」

我不去回答那問題。

「不過還是說了比較好。」我這樣說。

「為什麼？」

「第一、遲早總會跟誰說。第二、我不會把這種事告訴任何人。」

她笑著點起菸，在她吐了3次煙之間，一直默默地注視吧台木板的紋路。

「我爸五年前得腦腫瘤死了，真可怕，整整痛苦了兩年。我們因此把錢都花光了。花得乾乾淨淨什麼也不剩。因此家裡人都筋疲力盡，最後四分五裂。常常有這種事，對嗎？」

我點點頭。「妳媽媽呢？」

「不曉得在什麼地方活著，還會寄賀年卡來。」

「妳好像並不喜歡她？」

「對。」

「兄弟姊妹呢？」

「只有一個雙胞胎妹妹而已。」

「住在哪裡？」

「三萬光年那麼遠的地方。」

她這樣說完就神經質地笑笑，把薑汁汽水的玻璃杯推到旁邊。

「說家人的壞話，確實不是什麼好事，提起來真洩氣！」

「不要這麼在意，每個人都有一些事情啊。」

「你也有嗎？」

「嗯，我每次都握著刮鬍膏哭呢。」

她好像很開心地笑了，很多年沒笑過的那種笑法。

「嘿，妳幹嘛喝什麼薑汁汽水嘛？」我試著這樣問她：「難道妳在禁酒？」

「嗯……本來是這樣打算的，不過算了。」

「想喝什麼？」

「冰得透透的白葡萄酒。」

我把傑叫來，要了新的啤酒和白葡萄酒。

「嘿！有一位雙胞胎姊妹是什麼感覺？」

「嗯，感覺很奇怪喲。同樣的臉，同樣的智商，穿同樣尺寸的胸罩……老是覺得很煩。」

「常常被搞錯吧？」

「對，到8歲為止，那一年我的手指變成只有9隻，從此以後誰都不會再搞錯了。」

她那樣說著，就像演奏會裡鋼琴家集中精神的時候那樣，兩隻手整整齊齊地併攏起來排在吧台上。我握起她的左手，在吧台的燈下仔細觀察。像雞尾酒杯一樣冰冷的小手，在那上面，就像天生下來就已經那樣的，極其自然的，4隻手指看起來非常舒坦地排列著。那種自然是近乎奇蹟式的，至少比6隻手指排在一起，具有說服力多了。

「8歲的時候，小指頭被吸塵器的馬達夾到，彈走了。」

「現在在哪裡？」

「什麼？」

「小指頭啊。」

「忘記了。」她說完笑笑。「問這種事情，你還是第一個呢。」

「沒有小指頭會不會不自在？」

「嗯，帶手套的時候會。」

「其他時候呢？」

她搖搖頭。

「如果說完全沒有那是謊話。不過就像其他女孩在意自己的脖子粗一點，小腿的寒毛濃一點，同樣程度吧。」

我點點頭。

「你在做什麼？」

「在東京上大學。」

「放假回來的。」

「對。」

「你在念什麼？」

「生物學，我喜歡動物。」

「我也喜歡。」

我把留在玻璃杯裡的啤酒喝乾，抓了幾根炸薯條。

「知道嗎？……印度Bhagalpore有一隻很有名的豹，3年裡一共吃掉350個印度人喏。」

「哦？」

「然後為了消滅豹子，他們請了一位人稱獵豹專家的英國上校吉姆·柯貝特（Jim Corbett）來，連那隻豹子在內，8年裡一共射殺了125隻豹子和老虎。這樣妳還喜歡動物嗎？」

她把香菸按熄，喝了一口葡萄酒，然後一副很佩服的樣子，看了我的臉半天。

「你實在有一點怪。」

21

第三個女朋友死後半個月，我讀了米歇萊（Jules Michelet）的《女巫》，是一本優異的書，其中有這樣一節：

「洛林這地方有一位傑出的法官雷米，燒死了八百名女巫，並以這『恐怖政治』引以自豪。他說：『由於我的正義實在太聞名了，因此前幾天被捕的十六名犯人，都不等我下手，自己就先上吊了。』」（篠田浩一郎譯）

說到「我的正義實在太聞名了」這句話真是好得沒話說。

22

電話鈴響了。

我因為到游泳池去游泳，臉曬得通紅，正用Calamine Lotion冰敷著。鈴聲響過10次以後，我只好把臉上一塊一塊整齊排列的化妝棉拿下來，從椅子上站起來。

「你好！是我啦。」
「嗨。」我說。
「你在做什麼？」
「什麼也沒做。」
我把捲在脖子上的毛巾拿起來擦擦火辣辣的臉。
「昨天好愉快，很久沒這樣了。」
「那太好了。」
「嗯……你喜歡燉牛肉嗎？」
「喜歡。」
「我做好了，可是如果我一個人吃要一星期才吃得完，你要不要過來吃？」
「不錯啊。」
「OK，一個小時過來。如果遲到我就全部倒進垃圾桶噢，知道嗎？」
「可是……」
「我最討厭等人了，就這樣。」
她這樣說完，不等我開口就把電話掛了。

我再一次躺回沙發，一面聽收音機播出排行榜前40名的歌曲，一面迷迷糊糊地望著天花板10分鐘左右。然後到浴室沖澡，再用熱水仔細把鬍子刮過。穿上剛從洗衣店送回來的襯衫和百慕達短褲。是一個令人愉快的黃昏。我沿著海岸一面看夕陽一面開車，在快開進國道的前面一點，買了兩瓶冰得涼涼的葡萄酒和一條香菸。

她在整理餐桌，在上面排著純白的餐具時，我用水果刀的尖端把葡萄酒的軟木栓瓶塞撬開。燉牛肉濕濕的熱氣把房間裡蒸得更悶熱。

「真沒想到會變這麼熱，簡直是地獄嘛。」

「地獄比這更熱。」

「好像你去過似的。」

「聽人家說的啊。假如熱得快瘋了就把你移到涼快一點的地方，等你稍微恢復了，又送回原來的地方。」

「簡直跟三溫暖一樣嘛。」

「就是啊。不過聽說也有些人瘋了，就不再回到原來的地方了。」

「那些人怎麼辦呢？」

「被帶到天堂去呀，然後在那裡漆牆壁。因為天堂的牆壁必須永遠保持潔白，有一點污點都不行，因為會影響形象。所以每天從早到晚都要油漆，大部分的傢伙氣管都弄壞了。」

她沒有再多問什麼。我小心翼翼地把掉進瓶子裡的軟木栓屑挑掉之後，倒了兩玻璃杯。

「冰冰的葡萄酒暖暖的心。」

乾杯的時候，她這樣說。

「這是什麼意思？」

「電視廣告啊。冰冰的葡萄酒暖暖的心。你沒看過嗎？」

「沒有哇。」

「你不看電視啊？」

「只看一點點。以前常常看的，我最喜歡靈犬萊西，不過當然是第一代的。」

「你喜歡動物噢。」

「嗯。」

「我如果有時間，整天都在看，什麼都看。昨天我看到生物學家和化學家的討論會。你看了沒有？」

「沒有。」

她喝一口葡萄酒，好像想起什麼似的搖搖頭。

「你知道嗎，巴斯德（Pasteur）擁有科學的直覺力喲。」

「科學的直覺力？」

「……就是說啊，一般的科學家是這樣想的：A等於B、B等於C，所以A等於C。Q．E．D，理應如此被證明，對嗎？」

我點點頭。

「可是巴斯德就不一樣。他腦子裡有的是A等於C，只有這樣。沒有什麼證明之類的。可是他的理論正確，歷史已經證明了，而且他的一生中有無數寶貴的發現。」

「種痘。」

她把葡萄酒杯放在餐桌上，滿臉驚訝地望著我。

「嘿，種痘是金納發明的吧？還上什麼大學呢？」

「狂犬病的疫苗，還有低溫殺菌，對嗎？」

「標準答案。」

她不露牙齒地得意笑著，然後把玻璃杯裡的葡萄酒喝乾，自己又重新倒一些。

「電視討論會上把這種能力稱為科學的直覺力。你有沒有？」

「幾乎沒有吧。」

「你覺得如果有好不好？」

「或許在某方面有用。跟女孩子睡覺的時候用得上也說不定。」

她笑著走到廚房，去把燉鍋、沙拉缽和捲麵包拿過來。從完全打開的窗口好不容易開始吹進一點點風來。

我們用她的唱機放唱片來聽，一面慢慢吃著東西。在那時間裡，她問我一些大學的事和東京的生活。沒什麼特別有趣的事。譬如用貓做實驗（當然不殺死，我這樣說謊。說主要在做心理方面的實驗，其實我在兩個月裡殺了36隻大小不同的貓），示威遊行和罷工的事。然後我把被機動隊員打斷的前齒痕跡給她看。

「想復仇嗎？」

「開玩笑。」我說。

「為什麼？如果我是你，就把那警察找出來，用鐵槌敲斷他幾顆牙齒。」

「我是我，而且那都是過去的事了。首先機動隊員每個都長得差不多，實在找不出來呀。」

「那不是沒什麼意義嗎？」

「意義？」

「連牙齒都被打斷的意義呀。」

「是沒有啊。」我說。

她一副很無聊地嘀咕一下然後吃一口燉牛肉。

我們喝完餐後咖啡，就在狹小的廚房並排把餐具洗好，再回到餐桌旁，點上香菸，聽M．J．Q的唱片。

她穿著可以清楚看見乳頭的薄襯衫，和腰圍鬆鬆的棉短褲，而我們的腳在餐桌下碰到好幾次，每次都使我有點臉紅起來。

「好吃嗎？」

「非常好吃。」

她輕輕咬著下唇。

「為什麼每次不問你就不說話？」

「不曉得，大概是習慣吧，每次重要的話就會忘記說。」

「給你一個忠告好嗎？」

「請說。」

「你不改變的話，會吃虧喲。」

「大概吧。不過，可能跟老爺車一樣，修了一個地方，只有使其他地方更顯眼。」

她笑了，把唱片換成Marvin Gaye的。鐘指著快8點。

「今天可以不擦皮鞋嗎？」

「半夜再擦，跟刷牙一起做。」

她把兩隻細細的手肘支在餐桌上，然後把下巴舒服地托在上面，一面凝視著我的眼睛一面說話。這使得我非常慌亂。我故意裝作點香菸，或看看窗外，幾次把眼光移開，可是每次只有使她更奇怪地盯著我看。

「嘿！相信你也可以喲。」

「什麼？」

「你上次說沒對我做什麼啊。」

「為什麼這樣想？」

「你想聽嗎？」

「不。」我說。

「我就知道你會這樣說。」她吃吃地笑著，在我杯子裡倒些葡萄酒，然後像在想什麼似的望著黑暗的窗子。

「我常常想，如果能不麻煩任何人而活下去該多好。你覺得可以嗎？」她這樣問。

「不曉得。」

「嘿，我有沒有給你添麻煩？」

「沒有哇。」

「到現在為止噢？」

「到現在為止還沒有。」

她悄悄把手伸過餐桌疊在我的手上，就那樣停了一會兒才縮回去。

「我明天要去旅行。」

「去哪裡？」

「還沒決定。我想去安靜又涼快的地方，大約一星期左右。」

我點點頭。

「回來後會打電話給你。」

♠

回家的路上，我在車上突然想起第一次約會的女孩子來。那是七年前的事了。

就在約會的時候，我好像從開始到結束，都一直在問「會不會無聊？」

我們去看艾維斯・普里斯萊（Elvis Presley）主演的電影。主題歌是這樣唱的：

We had a quarrel
A lover's spat
I wrote to say I'm sorry
But the letter kept coming back
Return to sender
Address unknown

No such number

No such zone

時間過得實在太快了。

23

第三個跟我睡覺的女孩子，稱我的陰莖為「你的raison d'être（譯註：法文，存在的理由）」。

♠

我以前曾經想以人類的存在理由為主題，寫一篇短篇小說。雖然最後小說沒寫完，可是在那段期間，我不斷思考有關人類的存在理由，因此養成一種奇特的怪癖，那就是一切事物非要換算成數值不可的怪癖。大約8個月之間，我被這種衝動所驅使。一上電車就先開始算乘客的人數，算階梯的級數，只要一閒下來就數脈搏。根據當時的紀錄，1969年8月15日到次年4月3日為止的期間內，我一共去上358

節課，做愛54次，抽了6921根香菸。

那時期，我認真地相信，或許我可以像那樣把一切換算成數字，並傳達給別人某種東西。而只要我擁有某些可以傳達給別人的東西，就表示我確實存在。可是好像理所當然似的，對我所抽的香菸數，或所上的階梯級數，或我陰莖的尺寸，沒有一個人有興趣。於是我喪失了存在的理由，變成一個孤獨的人。

就這樣，當我知道她死的時候，抽了第6922根香菸。

24

那天晚上，老鼠一滴啤酒也沒喝。這絕不是什麼好預兆。相反的，他連續不停地喝了5杯Jim Beam威士忌加冰塊。

我們在酒吧後面昏暗的角落打彈珠玩具消磨時間。這東西只要少許硬幣的代價，就提供你時間去糟蹋。可是老鼠對什麼都認真。因此那天晚上6次比賽裡，我居然能勝2次，幾乎是接近奇蹟了。

「嗨！你怎麼搞的？」

「沒什麼。」老鼠說。

我們回到吧台，再喝啤酒和Jim Beam。

而且幾乎什麼話也沒說，只是默默聽著點唱機放出一張又一張的唱片。〈Everyday People〉、〈Woodstock〉、〈Spirit in the Sky〉、〈Hey There Lonely Girl〉……。

「有一件事想拜託你。」老鼠說。

「什麼樣的事？」

「幫我去見一個人。」

「……女的？」

猶豫了一下老鼠點點頭。

「為什麼要託我？」

「除了你還有誰？」老鼠急促地這樣說完就喝了第6杯威士忌的第一口。「你有西裝跟領帶吧？」

「有啊，不過……」

「明天2點。」老鼠說。「嘿！你想女人到底是吃什麼活的？」

「鞋底。」

「說得像真的似的。」老鼠說。

25

老鼠最喜歡吃剛煎好的hotcake。他把那疊成幾片放在深盤子裡，然後用刀子整齊地切成4等分，再從上面澆一瓶可口可樂。

我第一次去老鼠家的時候，他正在5月柔和的陽光下，把桌子搬出來，把那令人不敢領教的食物往胃裡倒。

「這種食物的優點是，」老鼠對我說，「食物跟飲料渾然化為一體了。」

在樹木生長繁茂的寬闊庭院裡，聚集了各色各樣的野鳥，正拚命啄著撒滿草地上的白色爆米花。

26

現在談一談我睡過的第三個女孩子。

不過要談一個已經死掉的人是非常困難的事，而談一個年紀輕輕就死掉的女孩子就更困難了。因為死了，所以她們永遠年輕。

相反的，活下來的我們卻一年比一年、一個月比一個月、一天比一天老去。有時我甚至覺得自己一個小時比一個小時老。而可怕的是，這是事實。

♠

她絕對算不上是個美女。但如果說她不美，似乎又不太公平。我想「她並沒有美得跟她相襯」應該是正確的表現。

我只有她一張相片，後面記著日期，1963年8月。甘迺迪總統腦袋被射穿的那年。她坐在一個像是避暑勝地的海邊防波堤上，有點不太自在地微笑著。頭髮像珍・西寶（Jean Seberg）一樣剪得短短的（那髮型某些地方使我聯想到奧茲維茲〔Auschwitz〕集中營），穿著紅色方格布的長洋裝。看起來有點笨拙，然而卻很美。那是一種看見的人心中最溫柔的部分都會被穿透的那種美。

輕輕抿著的嘴唇，像纖細的觸角般往上微翹的小鼻子，好像自己剪的劉海毫不造作地散在寬額頭上，稍微隆起的兩頰，有一些青春痘的淡淡痕跡。

那時候她14歲，是21年的人生裡最美麗的瞬間。然而那些突然間便消逝了，我只能這樣想。是什麼原因，還有什麼目的，讓這件事發生，我實在不明白，誰也不明白。

♠

她認真地說（不是開玩笑），我進大學是為了接受天啟的。那是在早晨4點前，我們赤裸地躺在床上。我試著問她，天啟到底是怎麼回事。

「不可能知道吧。」她說完過一會兒又補充道：「不過那就像天使的羽毛一樣，會從天上降下來。」

我試著想像天使的羽毛降在大學中庭的光景。可是從遠遠看，那簡直就像衛生紙一樣。

她為什麼死，沒有人知道。我想她自己是不是知道都值得懷疑。

27

我做了一個討厭的夢。

我是一隻黑色的大鳥，在叢林上方向西飛著。我受了重傷，羽毛上沾著發黑的血跡。西邊的天空開始被不祥的烏雲所籠罩，四周飄散著些微雨的香氣。

好久沒有做夢了，因為實在隔太久了，所以當我注意到那是夢的時候，已經過了一些時間。

我從床上起來，去用淋浴把身上討厭的汗沖掉以後，吃了吐司和喝了蘋果汁當早餐。因為香菸和啤酒使得喉嚨簡直像塞滿了舊棉花似的味道。我把餐具都堆進水槽後，換上橄欖綠的棉西裝和努力燙平的襯衫，並選了一條黑色針織領帶抓在手上，就在客廳的冷氣機前坐下。

電視新聞主播正得意洋洋地斷言今天將是入夏以來最熱的一天。我把電視關掉，走進隔壁哥哥的房間，從龐大的書山裡選了幾本出來，躺回客廳的沙發上看起來。

兩年前，哥哥留下一屋子的書和一個女朋友，就什麼理由也沒說地去了美國。她偶爾會跟我一起吃飯。她說，我們兄弟長得實在真像。

「什麼地方像？」我驚訝地這樣問她。

「全部都像。」她說。

或許正如她說的。而且我想是因為我們十幾年來不斷輪流擦皮鞋的結果。

時鐘指著12點，我想到外面那麼熱，一面不耐煩，一面打起領帶，穿上西裝。時間還綽綽有餘，而該做的事一件也沒有。我在市區開車慢慢兜著。從海邊一直伸展到山邊，細長得可憐的市區。有河流和網球場、高爾夫球場、整排的大房子、牆壁接著牆壁、有幾家別致的餐廳、服裝店、古老的圖書館、長滿月見草的原野、有猴子檻欄的公園，城市總是這個樣子。

我在半山腰特有的彎曲道路上繞了一會兒，然後順著河流向下開往海的方向，在接近河口的地方下了車，到河裡把腳泡涼。網球場上有兩個女孩子曬得黑黑的，戴著白帽子和太陽眼鏡正在對打。陽光從中午之後開始急遽變強，每揮一下球拍，她們的汗就飛濺到球場上。

我看著她們大約5分鐘之後回到車上，把椅子放倒閉上眼睛，暫時朦朧地繼續聽海浪混雜著網球在球拍間往返的聲音。輕微的南風，送來海的香味和曝曬的柏油氣味，使我想起從前的夏天。女孩子肌膚的溫暖、古老的搖滾樂、剛洗好的button-down襯衫、在游泳池更衣室抽的煙味、微妙的預感，都是一些無止境的夏天甜美的夢。然後有一年夏天（到底是哪一年？）夢再也沒回來過。

我2點整把車開到傑氏酒吧前面的時候，老鼠正坐在路邊的護欄上，讀著卡山札基的《基督的最後誘惑》。

「她到底在哪裡？」我試著這樣問。

老鼠默不作聲地把書合上，坐上車以後戴起太陽眼鏡。「不用了。」

「不用了？」

「對，不用了。」

我嘆了一口氣把領帶拉鬆，把西裝上衣丟到後座，然後點起香菸。

「那麼要去哪裡？」

「動物園。」

「好啊。」我說。

28

再談談這個城市。這是我出生、成長，而且第一次跟女人睡覺的地方。前面是海、後面有山，鄰接一個巨大的港口，是一個非常小的城市。從港口回來，開車在國道上飛馳的時候，我都不抽菸。因為當火柴擦完的時候，車子已經穿過市區了。

人口只有7萬多一點。這數字5年後幾乎也不會變吧。其中大部分人住在有院子的兩層樓房裡，有汽車，不少人家還擁有兩部車。

這數字並不是我隨便想像的，是市公所的統計課年度終了時正式發表的。兩層樓房的人家聽起來還不錯。

老鼠住在三層樓的房子裡，屋頂甚至還有溫室。斜坡挖空的地下室當車庫，他父親的Benz和老鼠的Triumph TR III親密地並排停著。奇怪的是老鼠家最具有家庭氣氛的地方就是這個車庫。連小型飛機都絕對可以停得下的寬闊車庫裡，塞滿了老舊或用膩的電視機、冰箱、沙發、全套餐桌椅、音響組合、餐具架等。我們常常在那裡一面喝著啤酒，一面度過愉快的時光。

關於老鼠的父親，我幾乎一無所知，也沒見過面。我如果問起他到底是什麼樣的人，老鼠就斷然說道：比我老得多、而且是男的。

根據傳聞，老鼠的父親從前非常窮，那是指戰前。他在戰爭快開始前，辛辛苦苦弄到一家化學藥品工廠。賣一些驅蟲軟膏，效果相當可疑，但正好時機湊巧，戰爭延伸到南方戰線去，於是軟膏銷路就飛黃騰達起來。

戰爭結束後他把軟膏堆進倉庫，這次開始賣起奇怪的營養劑，韓戰結束那前後，又突然把那換成家庭用清潔劑。聽說那些東西的成分都一樣，好像滿有可能的一回事。

25年前，在新幾內亞的熱帶叢林裡全身塗滿驅蟲軟膏的日本兵屍體堆積如山，今天每個家庭的廁所裡也堆滿了同樣商標的浴室用下水管清潔劑。

就因為這樣，老鼠的父親就變成了大富翁。

當然我的朋友裡面也有窮人家的孩子。父親是市營公車司機。或許也有人是有錢的公車司機吧，不過我朋友的父親是屬於窮的公車司機。他父母親幾乎都不在家，所以我常常去玩。他父親不是在巴士上，就是去賽馬場了，而他母親一整天都出去打零工。

他是我高中的同班同學，但我們卻是因為一件小事變成朋友的。

有一天，中午休息時間我去小便，他走到旁邊來拉下褲子拉鍊。我們幾乎默默地同時小便完畢，一起去洗手。

「喂！我有個好東西喲。」

他一面在褲子的屁股後面把手擦乾，一面這樣說。

「哦？」

「要不要看？」

他從皮夾子裡抽出一張照片遞給我。是一張裸體女人張開大腿，中間插一個啤酒瓶的照片。

「不得了吧？」

「確實是。」

「到我家還有更不得了的噢。」他說。

就這樣我們變成了朋友。

小城住著各種人。我在18年之間，確實在那裡學到很多東西。小城在我心裡牢牢地扎根，回憶中的一切幾乎都跟這裡結合在一起。可是上大學的那個春天，離開這小城的時候，我從內心深處覺得鬆了一口氣。

暑假和春假我都回到這裡來，不過大部分時間都在喝啤酒。

29

大約有一星期左右，老鼠覺得非常難過。或許快接近秋天了也有關係，可能跟那個女孩子也有關係。老鼠對那件事一句話也沒提。

我看不到老鼠的時候，曾經拉住傑，向他打聽。

「嘿！你想老鼠到底怎麼樣了？」

「誰知道，我也不太清楚，大概因為夏天快過了吧？」

秋天一接近，老鼠的心總會稍微落寞一些。有時坐在吧台呆呆看著書，我跟他說什麼，他也只是有氣無力地簡單回答而已。黃昏以後涼風吹來，四周稍稍可以感覺到一點秋的氣息時，老鼠就突然中止喝啤酒，開始拚命喝起加冰塊的波本威士忌；拚命往吧台邊的點唱機裡投幣，把彈珠玩具機踢到亮起犯規燈，連傑都慌了手腳。

「也許覺得被遺棄了吧，我了解那種感覺。」

傑這樣說。

「是嗎？」

「因為大家都要走了啊。回學校的回學校，回去上班的回去上班。你還不是一樣？」

「對噢。」

「體諒他吧。」

我點點頭。「那個女孩子呢？」

「過些時候會忘掉的，一定會。」

「是不是發生了什麼不妙的事？」

「不曉得怎麼了？」

傑支支吾吾地又回去做他的事。我沒再多問。把錢丟進點唱機裡選了幾首曲子，回到吧台繼續喝啤酒。

過了大約10分鐘左右，傑又來到我面前。

「嘿，老鼠沒跟你說什麼嗎？」

「嗯。」

「好奇怪。」

「是嗎？」

傑把手上拿著的玻璃杯擦了好幾次一面沉思著。

「他一定想跟你商量的。」

「那為什麼不呢？」

「說不出口吧，以為人家會覺得他很傻嘛。」

「我才不會覺得他很傻呢。」

「可以看得出來，我以前就這樣覺得。你實在心很軟，怎麼說呢，好像有某些地方悟得很透似的……我不是有意說壞話。」

「我知道。」

「不過啊，我比你大20歲，因此也碰到過很多討厭的事。所以這叫做什麼呢……」

「苦口婆心。」

「對。」

我笑笑又喝啤酒。

「老鼠由我來向他開口說看看。」

「嗯，這樣比較好。」

傑把香菸熄掉回去工作。我站起來走進洗手間，洗手的時候順便照照鏡子。然後心情煩悶地又喝了一瓶啤酒。

30

過去曾經有過這樣的時代，任何人都想活得cool。

高中畢業那時候，我決心把心裡所想的事情只說出一半，理由已經忘了，但是這種想法我實行了好幾年。然後有一天，我發現自己已經變成一個只能把心裡所想的事說出一半的人了。

我不知道這跟cool有什麼關係。可是如果一年到頭經常都必須除霜的舊冰箱也能算得上「cool」的話，那我也可以了。

就因為這樣，我一面以啤酒和香菸踢醒快要在時光的沉澱裡睡著的意識，一面繼續寫著這文章。一次又一次去沖熱水澡、一天刮兩次鬍子、一遍又一遍聽著老唱片。現在，就在我背後，那過時的Peter、Paul and Mary還在唱著。

「別想太多！一切都會沒事的。Don't think twice, it's all right.」

31

第二天，我約老鼠到半山腰一個旅館的游泳池去。夏天快過了，而且交通也不太方便，因此游泳池裡只有10個客人左右。而且其中有一半是對日光浴比對游泳更熱心的美國旅客。

這旅館是從舊貴族的別墅改建的，有一個舖滿綠草皮的氣派庭園，游泳池和建築物之間隔著一道玫瑰花牆，沿著花牆爬上略微高起的小丘時，可以眺望清清楚楚的海和港口和市街。

我和老鼠在25公尺長的游泳池來回比賽游了好幾趟之後，並排坐在躺椅上，喝冰涼的可樂。我等呼吸調整回來，開始抽起一根菸的時候，老鼠呆呆地望著一個好像滿舒服地獨自在繼續游泳的美國少女。

萬里晴空的天上，看得見幾架噴射機留下凝凍了似的白色航跡雲繼續往前飛去。

「我覺得小時候好像有更多飛機在天上飛噢。」

老鼠仰望著天空這樣說。

「幾乎都是美國軍方的飛機，你記不記得，那種螺旋槳的雙胴飛機。」

「P38？」

「不，是運輸機。比P38大得多了。有時候飛得低得不得了，連空軍的標誌都看得見呢……其他還記得DC6、DC7，還有我還看過Sabre軍刀式戰鬥機喲。」

「好老了噢。」

「對，那是艾森豪時代的。每次一有巡洋艦進港，就滿街都是憲兵和水兵。你看過憲兵嗎？」

「嗯。」

「好多東西現在都沒有了。當然我並不喜歡軍隊……」

我點點頭。

「軍刀機真是傑出的飛機啊！如果它不丟燒夷彈的話就好了，你看過燒夷彈丟下來爆炸的情形嗎？」

「在戰爭電影裡。」

「人類真會想出各種東西。而且，那些還做得真好呢。再過個10年，也許我們連燒夷彈都要懷念起來了。」

我笑著點第2根香菸。「你喜歡飛機呀？」

「我以前還想當飛行員呢。不過眼睛搞壞就算了。」

「真的？」

「我喜歡天空，一直看都看不膩，而不想看的時候，不看就行了。」

老鼠沉默了5分鐘，然後突然開口。

「常常有些事情讓你實在受不了，就像對自己是一個有錢人這回事，你會想逃走噢，你懂嗎？」

「沒有理由懂啊。」我發楞地說。「不過只要逃走就行了啊。如果你真的這樣想的話。」

「……大概吧。我也想這樣最好，到一個我不知道的地方去，一切從頭開始，這樣也不錯噢。」

「不回大學去嗎？」

「已經退掉，也不想回去了。」

老鼠從太陽眼鏡後面，再度追蹤那個還在繼續游泳的女孩子。

「為什麼不去了。」

「不曉得，大概膩了吧？不過，我曾經努力試過，連自己都難以相信地認真過。對別人的事情也跟對自己的一樣設想過，因此也被警察打過。不過時候一到，大家還是都回到自己的地方去。只有我沒地方可以回。就像玩大風吹一樣。」

「以後你要做什麼？」

老鼠一面用毛巾擦著腳一面考慮。

「我想寫小說。你覺得呢？」

「當然可以寫。」

老鼠點點頭。

「什麼樣的小說？」

「好小說啊，我是說對自己而言。我並不覺得自己有什麼才能，不過至少每次寫的時候，如果沒有什麼能夠自我啟發的東西，我就覺得沒有意義，對嗎？」

「對呀。」

「為自己寫……不然就為蟬寫。」

「蟬？」

「嗯。」

老鼠赤裸的胸前掛著一塊甘迺迪硬幣的墜子，他用手玩弄了一會兒。

「幾年前，我跟一個女孩子兩個人一起去奈良。在非常熱的夏天下午，我們在山路上走了差不多3小時。在那之間我們所遇見的對象，說起來只有留下尖銳啼聲飛走的野鳥，或滾落在路邊翅膀啪噠啪噠拍著的蟬而已。因為實在太熱了。

「我們走了不久，就在一個夏草長得很美的和緩山坡上坐下來，吹著舒服的風、擦著身上的汗。斜坡下面有一道深深的濠溝，對面林木蒼鬱像小島般隆起來的古墳，是以前天皇的，你看過嗎？」

我點點頭。

「那時候我想，幹嘛蓋一個這麼龐大的東西呢？……當然什麼樣的墳墓都有它的意義，什麼樣的人遲早都會死，就是這樣，給了我一個教訓。不過啊，那東西實在太大了，巨大往往使一個事物往完全不同的方向改變。老實說，那東西看起來簡直就不像墳墓，像座山。濠溝的水面全是青蛙和水草，而且欄杆旁邊都是蜘蛛網。

「我默默地望著那座古墳，耳朵聽著掠過水面的風聲。那時候我所感覺到的心情，實在是言語所無法表達的。不，那不是叫做什麼心情，簡直就像全身緊緊被包圍起來的感覺。也就是說，蟬啦、青蛙啦、蜘蛛啦、風啦，全部化為一體整個流向宇宙去似的。」

老鼠這樣說完，把氣泡跑光的可樂最後一口喝完。

「每次寫文章的時候，我就想起那個夏天的午後和樹木茂密的古墳來。而且這樣想：如果能為蟬啦、青蛙啦、蜘蛛啦，還有夏草啊、風啊，寫一點什麼的話，不知道該有多棒！」

講完以後，老鼠把兩隻手交抱在腦後，默默望著天空。

「於是，……你寫了什麼嗎？」

「沒有，一行也沒寫，什麼也寫不出來。」

「真的嗎？」

「你們是地上的鹽，」

「？」

「鹽若失了味，怎能叫他再鹹呢？」（譯註：馬太福音第五章13節）老鼠這樣說。

傍晚天色開始暗下來時，我們離開游泳池，走進旅館裡放著曼陀凡尼（Mantovani）義大利民謠的旅館裡的小酒吧，喝冰啤酒，從寬大的窗子，可以清清楚楚地眺望港口的燈。

「女孩子怎麼樣了？」

我乾脆這樣問。

老鼠用手背抹掉嘴上沾的泡沫，好像落入沉思般望著天花板。

「說白一點，這件事本來不打算跟你提的，因為好像很愚蠢。」

「不過你曾經想跟我商量對嗎？」

「對，可是考慮了一個晚上就打消念頭了。世上有些事情是沒辦法解決的。」

「例如呢？」

「例如蛀牙啊。有一天突然痛起來，不管誰來安慰你，痛還是不會停，於是，自己就開始對自己非常生氣。接下來對那些不對自己生氣的傢伙忍不住開始生起氣來，你懂嗎？」

「有一點。」我說。「不過，你好好想一想！條件大家都一樣。就像一起搭一班故障的飛機一樣吧，當然也有運氣好跟運氣壞的，有強壯的有虛弱的，有富裕的有貧窮的。不過沒有一個人擁有超乎常人的力量，大家都一樣。擁有什麼的人就提心吊膽擔心什麼時候會失去，沒有什麼的人又擔心永遠什麼也沒有。大家都一樣。所以早一點覺悟的人應該努力變得強一點，至少做個樣子也好。對嗎？強有力的人哪裡也找不到，只有會裝成強有力的人而已。」

「可以問一個問題嗎？」

我點點頭。

「你真的這樣相信嗎？」

「嗯。」

老鼠沉默了一下，一直凝視著啤酒玻璃杯。

「你不能說這是謊言嗎？」

老鼠一本正經地這樣說。

我開車送老鼠回家，然後一個人繞到傑氏酒吧去。

「談過了嗎？」

「談過了。」

「那很好。」

傑這樣說著，就在我前面放一些炸薯條。

32

戴立克·哈德費爾雖然留下那麼龐大數量的作品，卻是一個極少直接談到人生、夢或愛的作家。比較認真（所謂認真是指沒有外星人或怪物出現的意思）的半自傳性作品《繞彩虹一周半》（1937）中，哈德費爾用諷刺、謾罵、玩笑，和悖論掩飾矇混，只在極少數很短的句子裡，披露了真誠的原意。

「我對這房間裡最神聖的書，也就是以英文字母順序排列的電話號碼簿發誓，我只說真話。那就是人生是空虛的，但是當然有救。因為並不是一開始就完全空虛的，而是我們在非常辛苦又辛苦的重複之下，拚命努力把它削減，最後變空的。至於是怎麼辛苦、怎麼削減的，在這裡不多費筆墨，因為太麻煩了。如果有人無論如何都想知道，可以去讀羅曼·羅蘭著的《約翰·克利斯朵夫》，那裡面全都寫了。」

哈德費爾非常喜歡《約翰・克利斯朵夫》的理由，純粹因為它把一個人從誕生到死亡為止，非常仔細而有條理地描述出來這一點，還有它是一本長得可怕的小說這一點。所謂小說這種東西，除了是資訊之外，必須能以圖解和年表表現才行，這是他所持的理論。而且那正確度和量成正比。他這樣認為。

對托爾斯泰的《戰爭與和平》他常常抱著批判的態度。當然量方面不成問題，他說。但作品裡缺乏宇宙觀，因此作品給我很不協調的印象。他使用「宇宙觀」這字眼，大部分表示「不毛」的意思。

他最喜歡的小說是《法蘭達斯之犬》。（譯註：卡通《龍龍與忠狗》的原著）他說：「嘿！你相信嗎？一條狗會為了畫而死。」

有一位記者在採訪時問哈德費爾說：

「您書上的主角瓦特在火星上死兩次、在金星上死一次。這不矛盾嗎？」

哈德費爾這樣說：

「你知道在宇宙空間裡，時光是怎麼流的嗎？」

「不知道。」記者回答。「可是，這種事情誰也沒辦法知道啊。」

「大家都知道的事還寫在小說上，到底有什麼意思？」

♠

哈德費爾的作品裡有一篇《火星的井》，是他的作品群中最特殊的，簡直就像雷．布萊伯利（Ray Bradbury）可能會寫出的短篇。這是很久以前讀過的，細節已經忘了，不過我只把大概的情節記在這裡。

這是一位青年潛入火星地表之下無數被挖掘成沒有底的井裡的故事。井可以確定是在幾萬年前火星人所挖的，但奇怪的是這些井全部一律仔細地避開水脈挖成。他們到底為什麼挖了這樣的東西，沒有人知道。實際上火星人除了這些井之外，什麼也沒留下。既沒有文字、住宅、餐具、鐵、墳墓、火箭、街道、自動販賣機，連貝殼也沒有，只有井而已。這能不能算是文明，實在讓地球上的學者們難以判斷，不過這些井確實作得很巧妙。在經過幾萬年的歲月之後，連一塊磚頭都沒有掉。

不用說曾經有幾位冒險家或調查隊進去過井裡。那些帶了繩索的人，因為井太深和橫穴太長只好退回來，而那些沒帶繩子的人則一個也沒回來。

有一天，一位在太空徘徊的青年鑽進井裡去。他厭倦了太空的寬闊，期望不為人知的死亡。隨著他的向下降落，井使他覺得越來越舒服，一種奇妙的力量開始溫柔地包圍他的身體。大約下降了1公里左右之後，他發現一個適當的橫穴，於是鑽進裡面，漫無目標地順著彎彎曲曲的路繼續走，也不知道到底走了多少時間。因為手錶已經停了。或許是兩小時，也可能是兩天。既不覺得餓也不覺得疲倦。先前所感覺到的不可思議的力量，依然包圍著他的身體。

然而有一次，他突然感覺到日光。原來橫穴和其他的井連接在一起。他從井裡往上爬，又再爬出地面。他在井邊坐下，眺望著一無遮攔的荒野，然後再眺望太陽。有什麼不一樣了。風的氣味、太陽……太陽雖然仍在空中，卻像夕陽一樣，變成橘紅色的巨大塊狀。

「再過25萬年太陽就會爆炸噢。轟隆……OFF。25萬年，不是什麼不得了的時間噢。」

風這樣對他呢喃著。

「你可以不必在意我，只不過是風而已。如果你喜歡的話，也可以叫我火星人。聲音聽起來不錯，本來語言對我來說，就沒什麼意義。」

「可是你正在說話啊。」

「我嗎？在說話的是你喲，我只是給你的心一點暗示而已。」

「太陽到底怎麼了？」

「老了啊，快要死了。這是你、我都沒辦法的事。」

「為什麼忽然……」

「不是忽然喏。在你穿過井的時候已經流逝了大約15億年的歲月了。就像你們的諺語中有一句：光陰似箭那樣。你所穿過的井，是順著時光的斜度掘出來的。也就是說我們是徘徊在時光之間，從宇宙創生到死亡為止。因此我們是既沒有生也沒有死的。我們是風。」

「我可以問一個問題嗎？」

「非常樂意。」

「你學到了什麼？」

大氣輕微搖動起來，風笑著。然後永遠的寂靜再度覆蓋了火星表面。年輕人從口袋裡拿出手槍，槍口對準太陽穴，悄悄扣了扳機。

33

電話鈴響了。

「我回來了。」她說。

「好想見面。」

「現在能出來嗎？」

「當然。」

「5點在YWCA門口。」

「妳在YWCA做什麼？」

「學法語會話。」

「法語會話？」

「OUI。」（譯註：法文，同英文YES）

我掛上電話後，洗個澡，喝個啤酒。等我喝完時，開始下起像瀑布般的午後陣雨。

我到ＹＷＣＡ時，雨已經完全停了，可是從門口出來的女孩子們還滿懷疑問地一面看看天空，一面把傘撐開又收起。我在大門對面把車停好，熄了引擎點上菸。被雨淋得黑黑的門柱，看起來像立在荒野的兩根墓石一樣。ＹＷＣＡ略髒而陰沉的建築物隔壁，蓋了一棟嶄新卻簡陋便宜的出租大廈，屋頂掛著一塊電冰箱的巨大廣告招牌。一個穿著圍裙的30歲左右看來有點貧血的女人向前彎著腰，而且還一副很愉快的樣子把冰箱打開，因此我可以看到冰箱的內容。

冷凍庫裡有冰和1公升裝的香草冰淇淋、包裝冷凍蝦，第二層有雞蛋匣、奶油、卡蒙貝爾乳酪、無骨火腿，第三層有魚、雞腿肉，最下面的塑膠盒裡有番茄、小黃瓜、蘆筍、萵苣和葡萄柚，門上有可口可樂、和大瓶啤酒各3瓶，還有紙盒牛奶。

我在等她的時候，就靠在方向盤上，一直考慮著該以什麼樣的順序吃掉冰箱裡的每一樣東西，不管怎麼說，1公升的冰淇淋總是太多了，而沒有沙拉醬則是最致命的。

她從門裡出來的時候，大約5點多一點。她穿著Lacoste粉紅色馬球衫和白色棉質迷你裙，頭髮綁在後面戴著眼鏡。一星期之間她好像老了三歲。也許是髮型和眼鏡的關係。

「剛才下好大的雨噢。」她一坐上副駕駛座就這樣說，然後神經質地拉拉裙襬。

「淋濕了嗎？」

「有一點。」

我從後座把上次去游泳池以後就一直放在那裡的海灘毛巾拿給她。她用那毛巾擦擦臉上的汗，又擦了幾次頭髮，然後還給我。

「開始下的時候我在附近喝咖啡。簡直像洪水一樣。」

「不過幸虧下了，涼快一點。」

「對呀。」

她點點頭然後把手伸出窗外，試試外面的溫度。我跟她之間，有一種跟上次見面的時候不一樣的某種不協調的氣氛。

「旅行愉快嗎？」我試著這樣問。

「根本沒去旅行，我說謊了。」

「為什麼要說謊？」

「以後再告訴你。」

34

我偶爾會說謊。

最後一次說謊是在去年。

我非常討厭說謊。說謊和沉默可以說是現代人類社會裡日漸蔓延的兩大罪惡。事實上，我們經常說謊，動不動就沉默不語。

不過，如果我們一年到頭說個不停，而且一定只說真話的話，或許真實的價值就要喪失殆盡了。

♠

去年秋天，我和我的女朋友赤裸地躺在被窩裡。而我們都肚子餓得要命。

「有沒有什麼東西可以吃？」我試著這樣問她。

「我去找找看。」

她光著身子站起來，打開冰箱找出舊麵包，用生菜和香腸做成簡單的三明治，連同即溶咖啡一起拿到床上來。那是一個以10月來說有點太冷的夜，她回到床上時，身體已經凍得跟罐頭鮭魚一樣了。

「沒有芥末了。」

「已經太棒了。」

我們就縮在棉被裡一面啃著三明治一面看電視播出的老電影。《桂河大橋》。

最後橋爆炸時她嘀咕了一下。

「為什麼要那樣拚著老命去架一座橋呢?」她指著那茫然呆站著的亞歷・堅尼斯(Alec Guinness)這樣問我。

「為了維持尊嚴哪。」

「嗯……」她滿嘴含著麵包,思考了一下人類的尊嚴。雖然經常都這樣,她腦子裡到底發生了什麼,我實在無法想像。

「嘿!你愛我嗎?」

「當然。」

「想結婚嗎?」

「現在,馬上嗎?」

「有一天……很久以後啊。」
「當然想結婚。」
「可是我不問你，你就從來也沒提過。」
「忘記說了。」
「……你想要幾個孩子？」
「3個。」
「男的？女的？」
「2個女的1個男的。」
她用咖啡把嘴裡的麵包嚥下去之後，一直注視我的臉。

「說謊！」

她說。
不過她錯了。我只說了一個謊。

35

我們走進港口附近的一家餐廳，吃過簡單的快餐之後就點了血腥瑪麗和波本威士忌。

「想聽真話嗎？」

她這樣問。

「去年，我解剖了牛噢。」

「真的？」

「肚子剖開來一看，胃裡只剩下一塊咀嚼過的草。我把那草裝進塑膠袋裡帶回家，放在桌子上。然後我每次有什麼不高興的事，就望著那塊草這樣想：為什麼牛可以把這麼難吃而悽慘的東西，一次又一次寶貝兮兮地反芻著吃呢？」

她稍微笑笑把嘴唇一撇，注視了我一下。

「我懂了，什麼也不說了。」

我點點頭。

「有一件事我想問你，可以嗎？」

「請說。」

「人為什麼要死？」

「因為在進化啊。因為個體無法承受進化的能量，所以必須用世代交替。當然，這只不過是一種說法而已。」

「現在也還在進化嗎？」

「一點一點地。」

「為什麼要進化呢？」

「這也有各種不同的意見。不過事實上是宇宙本身正在進化。不管這裡面是不是有什麼目標或意志介入，宇宙反正是在進化，而我們終究只是其中的一部分而已。」

我放下威士忌杯子，點起香菸。

「那能量到底是從哪裡來的，誰也不知道。」

「是嗎？」

「是。」

她用指尖一圈又一圈地轉動玻璃杯裡的冰塊，一面一直盯著白色的餐桌布。

「嘿！如果我死掉了，一百年後誰也不會記得我曾經存在吧？」

「大概吧。」我說。

走出餐廳，我們在亮麗得有點不可思議的黃昏，沿著安靜的倉庫街慢慢走。並肩走著時，便可以微微聞到她頭髮潤絲精的香氣。吹動著柳葉的風，稍微讓人感覺夏天快要過去了。走了不久之後，她用5根手指的那隻手握住我的手。

「你什麼時候回東京？」

「下星期吧，因為有考試。」

她默不作聲。

「冬天還會再回來的，大概聖誕節前吧。12月24日是我的生日。」

她點點頭，可是好像在想什麼別的事情似的。

「那是山羊座囉？」

「對，妳呢？」

「我也是。1月10日。」

「這星座好像有點吃虧噢，跟耶穌基督一樣。」

「對呀。」

她這樣說完又再握我的手。

「你不在以後我可能會覺得很寂寞。」

「一定還會再見面的。」

她什麼也不說。

倉庫一間間都顯得很舊，磚和磚之間緊緊黏貼著深綠色滑滑的青苔。又高又暗的窗子上鑲著堅固的鐵欄杆，每一扇又重又鏽的門上都掛著各家貿易公司的名牌。可以清楚地感覺到海的香味的地方，倉庫街就到底了。整排的柳樹也像掉了牙齒般，到這裡為止。我們於是穿過雜草蔓長的港灣鐵路鐵軌，在無人的防波堤邊，倉庫的石階上坐下來看海。

正前方造船公司的船塢，燈亮起來了。旁邊一艘卸完貨吃水線冒上來的希臘貨船，像被遺棄了似的漂浮著。甲板上的白色油漆，被海風吹得露出紅色鐵鏽，船的側腹部就像病人的瘡疤般長滿密密麻麻的貝殼。

我們有很長一段時間，閉著嘴，只是一直望著海、天空和船。黃昏的風越過大海吹動野草時，夕暮慢慢轉變成淡淡的夜色，幾顆星星在船塢上方閃爍起來。

在長久的沉默之後，她左手握起拳頭，在右手掌神經質地連敲了好幾下，一直敲到紅起來以後，才像洩了氣似的盯著手心看。

「我討厭每一個人。」

她忽然冒出這樣一句。

「連我在內？」

「對不起，」她紅著臉，好像恢復了平靜似的，把手放回膝蓋上。「你不是一個令人討厭的人。」

「沒那麼嚴重對嗎？」

她微微笑著點點頭，然後用輕輕顫抖的手點起菸。煙乘著海面吹來的風，掠過她的頭髮邊，消失在黑暗中。

「自己一個人安靜不動的時候，就會聽見很多人跟我說話……認識的人、不認識的人、爸爸、媽媽、學校老師、各式各樣的人。」

我點點頭。

「大多是討厭的事，譬如妳怎麼不去死！不然就是一些髒話……。」

「什麼樣的？」

「不想說。」

她把才抽了兩口的菸用涼鞋踏熄，手指悄悄按住眼睛。

「你覺得我生病了嗎？」

「怎麼說好呢？」我表示不知道地搖搖頭。

「如果不放心還是讓醫生看看比較好。」

「不用啦，你不要擔心。」

她點起第二根香菸，然後想笑卻沒有笑成。

「這種話你還是第一次說噢。」

我握住她的手，她的手一直在輕輕顫抖，手指跟手指之間濕濕的滲著冷汗。

「其實我真不想說謊的。」

「我知道。」

我們再度沉默下來，一面聽著微細的波浪拍打堤防的聲音，一面一直沉默著。那幾乎是想不起來有多長的時間。

當我注意到的時候，她已經在哭了。我用手指在她被眼淚濡濕的臉頰上抹過之後，摟住她的肩膀。

很久沒有感覺到夏天的香氣了。海潮的香、遠處的汽笛、女孩子肌膚的觸感、潤絲精的檸檬香、黃昏的風、淡淡的希望、還有夏天的夢……。

但這些簡直就像沒對準的描圖紙一樣，一切的一切都跟回不來的過去，一點一點地錯開了。

36

花了30分鐘走到她住的公寓。

因為是一個非常舒服的美好夜晚，而且在哭過以後，因此她興致好得令人驚奇。回家的路上，我們走進好幾家店裡，買了一些不怎麼有用的零碎東西。有草莓香味的牙膏啦、華麗的海灘毛巾啦、好幾種丹麥製的益智玩具、6色原子筆，我們抱著這些東西走上斜坡路，偶爾停下來回頭望望港口的方向。

「嘿！你車子還停在那裡噢？」

「等一下再去開。」

「明天早上不行嗎？」

「沒關係呀。」

然後我們慢慢走完剩下的路。

「今天晚上不想一個人在家。」

她面向著馬路上的鋪石這樣說。

我點點頭。

「可是你就不能擦皮鞋了噢。」

「偶爾自己擦擦就算了。」

「自己會擦嗎?」

「因為他是個一板一眼的人。」

安靜的夜晚。

她慢慢翻身過來，鼻尖碰到我的右肩。

「好冷啊。」

「冷嗎?有30度呢。」

「不曉得，好冷啊。」

我把丟在腳下的毛巾被拉起來，一直拉到肩口然後抱著她。她身體咯噠咯噠不停地抖。

「妳不舒服嗎？」

她輕輕搖搖頭。

「好可怕噢。」

「什麼東西？」

「什麼都可怕，你不覺得嗎？」

「一點都不可怕啊。」

她默不作聲。就像要把我的答案的存在感，放在掌心上確認一下似的沉默。

「想跟我做愛嗎？」

「嗯。」

「對不起，今天不行。」

我依然抱著她點點頭。

「剛手術過。」

「孩子？」

「嗯。」

她繞到我背上的手力氣緩和下來，用指尖在肩膀後面一次又一次畫著小圈圈。

「好奇怪噢，什麼都不記得了。」

「是嗎？」

「我是指男方，我已經完全忘了，連臉都想不起來了。」

我用手掌摸摸她的頭髮。

「本來覺得可能會喜歡他的，雖然只是短短的一瞬間……你喜歡過什麼人嗎？」

「嗯。」

「還記得她的臉嗎？」

我試著回想三個女孩子的臉，可是奇怪，沒有一個能清楚地想起來。

「不記得。」我說。

「好奇怪噢，為什麼？」

「大概這樣比較輕鬆吧。」

她把臉頰靠在我赤裸的胸上，默默點了幾次頭。

「如果你無論如何還是想的話，可以用別的……」

「不，妳不用擔心。」
「真的？」
「嗯。」
她繞在我背後的手又再用力一次。我心窩附近感覺到她的乳房，忍不住好想喝啤酒。
「從好幾年前開始，很多事情就不順利了。」
「幾年前？」
「12、13……我爸爸生病那年。那以前的事什麼都不記得了。一直都碰到討厭的事，頭上老是吹著惡風。」
「風向也會改變的。」
「你真的這樣想嗎？」
「總有一天會。」
她沉默了一會兒。像沙漠般的沉默的乾渴中，我的話轉眼之間，就被吸乾，嘴裡只剩下苦味而已。
「我也這樣想過好幾次，可是每次都不行。也想試著去喜歡別人，試著多忍耐一點，可是……」

我們除此之外什麼也沒再談，只是互相擁抱著。她把頭枕在我胸部，嘴唇輕輕貼在我的乳頭，就那樣像睡著了似的好久都沒動。

好久，真的好久，她一直沉默著。我半迷糊地打著瞌睡一面望著黑暗的天花板。

「媽……」

她好像在做夢，輕輕這樣念著。她是睡著了。

37

嗨！你好嗎？這裡是N・E・B廣播電台，熱門歌曲電話點播節目。又到了星期六晚上了。從現在開始的2小時，讓我們來盡情聽聽好聽的音樂。話說回來，夏天已經快要過去了，怎麼樣？這個夏天過得愉快嗎？

今天在放唱片之前，我要先介紹一位聽眾的來信。讓我念出來，是這樣的一封信。

「您好嗎？

我每星期都愉快地收聽這個節目。真快，今年秋天已經是我住院生活的第三年了。時間過得實在太快了。當然在冷暖氣調節得很好的病房裡，從窗口只能看到外面非常有限的景色，對我來說季節的變化並沒有什麼意義，不過一個季節過去，新的事物來臨，依然是一件令人心跳興奮的事。

我今年17歲，這三年裡書不能讀、電視不能看，也不能去散步……連起床、甚至翻身都沒辦法地過著日子。這封信也是託一直在我身邊照顧我的姊姊幫我寫的。她為了照顧我的病，大學都退學了。不用說我非常感謝她。這三年裡我躺在床上所學到的是：人不管從多麼悲慘的事情都可以學到一點什麼，因此才能繼續活下去，哪怕多活一點也好。

我的病聽說是脊椎神經方面的病。雖然是非常麻煩的病，不過當然有復元的可能性，雖然只有3%……。這是醫生（一位很有魅力的人）告訴我的同類病友的數字。根據他的說法，這個數字，比起一個新人投手以巨人隊為對象，打出no-hit no-run要簡單一些，不過比完封稍微難一點的程度。

有時候想到如果不行的話真恐怖。恐怖得想喊出來。一輩子就這樣像石頭般躺在床上，瞪著天花板，既不能讀書，也不能在風中散步，沒有一個人會愛我，拖個幾十年在這裡老去，然後悄悄地死去嗎？想到這裡就傷心得不得了。半夜3點左右醒過來，常常會覺得聽見自己脊椎骨一點一點融化掉的聲音，而或許實際上正是這樣。

好了，不再提這些令人討厭的事了。而且就像姊姊一天要對我說上不只幾百遍的話那樣，要試著努力只想好的事情。然後晚上一定要好好睡，因為討厭的事多半是在半夜想到的。

從醫院的窗子看得見港口。我每天早晨都想像如果我能從床上起來，走到港口，把海的香氣吸滿整個胸膛，那該有多好……如果可能的話，就算只有一次也好，或許我就會明白，為什麼世界是被造成這個樣子的。我這樣覺得。而且如果能稍微了解這點的話，或許這樣躺在床上過一輩子，也就能夠忍受了。

祝您健康。再見！」

沒有寫名字。

我收到這封信是昨天3點多。我一面坐在電台喫茶室裡喝咖啡一面看信，傍晚工作完畢我走到港口，試著眺望山的方向。如果妳的病房可以看到港口的話，從港口也應該看得見妳的病房才對。山那邊實在看得見很多燈，當然我不知道哪一盞燈才是妳病房的燈，有些是窮人家的燈，有些是大宅院的燈，有些是旅館的，也有學校的，也有公司的。真是有各色各樣的人各自不同地活著，我這樣想。這是我第一次這樣覺得，想到這裡，眼淚忽然掉下來。實在很久沒有哭了。不過，妳聽著噢！我並不是因為同情妳而哭的，我想說的是這句話，我只說一次請好好聽噢！

我．愛．你們

再過10年，如果還記得這個節目或我所放的唱片，還有我這個人的話，請記得我現在說的這句話。

我現在放她點的曲子。艾維斯．普里斯萊的〈Good Luck Charm〉。這曲子放完以後的1小時50分鐘，還是回到平常一樣的狗的相聲師。

感謝您的收聽。

38

要回東京的那天傍晚，我提著皮箱到「傑氏酒吧」打聲招呼。雖然還沒開店，不過傑還是讓我進去，還把啤酒拿出來。

「今天晚上我就搭巴士回去了。」

傑一面削著馬鈴薯皮準備炸薯條，一面連連點頭。

「你不在了會很寂寞，猴子的最佳拍檔解散了。」傑指著掛在吧台上方的版畫這樣說。「老鼠一定也覺得沒伴了。」

「嗯。」

「東京很愉快吧。」

「哪裡還不是一樣？」

「說的也是。自從東京奧運那年以來，我一次都沒有離開這個小城。」

「喜歡這個城市嗎？」

「你也說了，哪裡還不是一樣？」

「嗯。」

「不過再過幾年想回中國去一趟。雖然我一次也沒去過……可是每次到港口看見船就會這樣想。」

「我叔叔是死在中國的。」

「哦……死掉各式各樣的人啊，不過大家都是兄弟。」

傑請我喝了幾瓶啤酒，還把剛炸好的薯條裝在塑膠袋裡讓我帶走。

「謝謝！」

「不客氣，小意思。……不過，你們一下子都長大了啊。第一次看見你的時候，還是高中生呢。」

我笑著點點頭。說道：再見！

「好好保重噢。」傑說。

8月26日，店裡的日曆下面寫著這樣一句格言：

「慷慨付出的人，經常會有所得。」

我買了夜班巴士的票，坐在候車室的椅子上一直望著街上的燈火。隨著夜漸深燈開始陸續熄滅，最後只剩下路燈和霓虹燈。遠處的汽笛聲帶來輕微的海風。

巴士的入口有兩位查票員站在兩邊檢查車票和座位號碼。我把票遞過去，就說「21號的China」。

「China？」

「對，21號的C席，第一個字母啊。A是America、B是Brazil、C是China、D是Denmark。免得有人聽錯了麻煩。」

說著指一指正在查座位表的同伴。我點點頭上了巴士，在21號的C席坐下，吃起還熱熱的炸薯條。

一切都會過去，誰也沒辦法捉住。

我們就是這樣活著的。

39

到這裡為止我要說的事情都說完了，不過當然還有後日談。

我29歲、老鼠30歲。頗有一點歲數了。「傑氏酒吧」在道路拓寬的時候改建過，變成一家頗雅致的店，雖然這麼說，傑依然還是每天削一籃子的馬鈴薯，嘴裡一面念著常客還是以前的好，一面繼續喝著啤酒。

我已經結了婚，住在東京。

每逢山姆．畢京柏（Sam Peckinpah）的電影上映時，我跟我太太就去看電影。看完就到日比谷公園每人各喝兩瓶啤酒，撒一些爆米花給鴿子吃。山姆．畢京柏的電影裡，我最喜歡《驚天動地搶人頭》（Bring Me the Head of Alfredo Garcia），她卻說《大車隊》（Convoy）最棒。畢京柏以外的電影我喜歡《灰燼與鑽石》（Ashes and Diamonds），她則喜歡《魔鬼與修女》（Mother Joan of the Angles）。長久住在一起，也許連興趣都會像起來。

幸福嗎？如果有人這樣問起，我只能回答：大概吧。所謂夢，結果就是這麼回事。

老鼠還在繼續寫小說。他每年聖誕節都會寄其中幾篇的複印來。去年寫的是一個在精神醫院餐廳做事的廚子，前年寫的是以《卡拉馬助夫的兄弟們》為底子的滑稽樂隊故事。他的小說仍然和以前一樣沒有做愛場面，出場人物一個也沒有死。

稿紙的第一頁每次都一樣寫著：

「Happy Birthday
and
White Christmas」

因為我的生日是12月24日。

左手只有4隻指頭的女孩子，我再也沒有見過。冬天我回到那裡時，她已經辭去唱片行的工作，公寓也退租了。而且在人的洪水和時間之流中不留一點痕跡地消失了。

夏天我再回去時，總是會去曾經跟她一起走過的同一條路走一走，坐在倉庫的石階一個人看海。想哭的時候，眼淚總是流不出來。就是這樣。

〈California Girls〉的唱片，還在我唱片架的角落裡。每到夏天我就會把它抽出來聽好幾遍。然後一面想著加州的事一面喝啤酒。

唱片架旁邊有一張桌子，上面掛著一塊乾得像木乃伊似的草塊，是從牛的胃袋取出來的草。

死去的法文系女孩的照片在搬家時掉了。

Beach Boys好久沒消息，最近又出了新唱片專輯。

但願漂亮的女孩子，

都是California girls……

40

最後再談一次關於戴立克・哈德費爾。

哈德費爾1909年生於俄亥俄州的一個小鎮，在那裡長大。父親是一個沉默寡言的電信技師，母親是一個很會看星相和做餅乾的略胖婦人。內向的哈德費爾少年時期一個朋友也沒有，一有空閒就猛看漫畫書和廉價雜誌，吃媽媽做的餅乾，就這樣讀到高中畢業。畢業後，在鎮上的郵局上了一陣子班，沒多久就開始相信自己該走的路，除了做一個小說家之外別無選擇。

他的第五個短篇作品賣給Weird Tales出版社是在1930年，稿費20塊美金。接下來的一年裡，他每個月寫稿7萬字，再過一年速度提高到10萬字，到死的前一年更已經達到15萬字。雷明頓牌打字機每半年就新買一台。曾經留下這樣的傳說。

他的小說多半是一些冒險小說和奇幻小說。這兩者合而為一的《冒險兒瓦特》系列，成為他最熱門的大作，總共達42篇之多。在那裡面瓦特死了3次，殺了5千個敵人，連火星人的女人在內一共交了375個女人。其中有幾篇我們可以讀到翻譯版本。

哈德費爾實在憎恨很多東西。郵局、高中、出版社、紅蘿蔔、女人、狗……要算起來簡直沒完沒了。可是他喜歡的東西只有三樣，槍、貓和母親烤的餅乾。他所收藏的槍，除了派拉蒙片廠和ＦＢＩ研究所之外，是全美國最接近完整無缺的，除了高射砲和對戰車砲以外一應俱全。其中他最引以自豪的一件是槍把上鑲著珍珠的38口徑的左輪手槍。裡面只裝一顆子彈，他的口頭禪是「我有一天會用這個讓自己輪轉。」

可是１９３８年他母親死的時候，他卻特地跑到紐約，爬上帝國大廈，從屋頂跳下，像青蛙般摔得扁扁的。

他的墓碑上根據遺言，引用了尼采如下的一句話。

「白晝的光，如何能夠了解夜晚黑暗的深度？」

哈德費爾又記……（代替後記）

雖然我還不至於打算說：如果沒有遇見哈德費爾這樣的作家，我可能就不會寫什麼小說。不過，我所走的道路會和現在截然不同，卻可以確定。

高中時候，我曾經在神戶的舊書店裡，買過可能是外國船員留下的哈德費爾的平裝書，一次買了好幾本，一本50圓。如果不是書店的話，那東西實在很難讓人相信是書。看來相當豪華的封面幾乎快撕破脫落了，一頁頁紙張已經變成橘紅色。很可能就放在貨船或驅逐艦的下級船員床上渡過太平洋，並從時光的遙遠彼方來到我的書桌上。

♠

幾年後，我到了美國。只夠尋訪哈德費爾墳墓的短暫旅程。墳墓所在地，是一位熱心的（也是唯一的）哈德費爾研究家托馬斯・馬克留氏寫信告訴我的。他寫道：「就像高跟鞋的鞋跟一樣小的墳墓，希望你不要看漏了。」

我從紐約坐上巨大棺材般的灰狗巴士，到達俄亥俄州那個小鎮時是清晨7點。除了我以外，沒有一個乘客在那個小鎮下車。越過鎮外那片草原的地方就是墓地，比小鎮還要寬闊的墓地。幾隻雲雀在我頭上一圈一圈畫著圓圈，一面唱著飛翔之歌。

我足足花了一個小時才找到哈德費爾的墳墓。獻上在周圍的草原採來滿是灰塵的野玫瑰之後，我在墓前雙手合十，再坐下來抽菸。五月柔和的陽光下，生和死似乎都令人感覺同樣安詳。我抬起頭閉上眼睛，一連幾個鐘頭繼續聽著雲雀的歌。

這本小說是從那種地方開始的。至於繞到什麼地方了我也不知道。「比起宇宙的複雜度來，我們這個世界簡直像蚯蚓的腦漿一樣。」哈德費爾這樣說。

我也希望是這樣。

♠

已經到最後了，有關哈德費爾的記事，引用了幾處前述馬克留氏的力作《不孕眾星的傳說》（*Thomas McClure; The Legend of the Sterile Stars*, 1968）。特此致謝。

一九七九年五月
村上春樹

譯後記

村上春樹文學的源頭——《聽風的歌》改版記

賴明珠

寫作生涯的起點

《聽風的歌》是1979年村上春樹的處女作。在這部作品中作者放入了很多值得挖掘的東西。如果這部作品沒有獲得「群像新人賞」，他可能就不會繼續寫作了。然而，因為得獎他從此展開專業寫作生涯，於是《聽風的歌》也成為他馬拉松式寫作生涯的起跑點。如果要深入了解作者，無疑《聽風的歌》是必讀的第一本作品。

在《聽風的歌》中，他提到許多關於寫文章的事。顯示當時他想寫文章的強烈欲望，幾乎滿腦子在想著寫文章這件事。從開頭的第一句就提到：

「所謂完美的文章並不存在，就像完美的絕望不存在一樣。」……

這第一句似乎已經透露出作者是個完美主義者。同時也點出當時他還無法隨心所欲地寫，因此也經常落入絕望的情緒中。他又說：

「寫文章並不是自我療養的手段，只不過是對自我療養所做的微小嘗試而已。」

過去我讀小說，多半當消遣，從來沒有想到小說具有療傷作用，也不覺得自己受過傷。不過事實上不少朋友說，村上的作品陪他們度過一段難過的日子。我自己也曾習慣在睡前讀幾頁村上的作品，尤其《聽風的歌》、《1973年的彈珠玩具》和《遇見100%的女孩》，隨便翻開一頁讀個三五頁，就覺得比較心平氣和，可以安然入睡了。我才漸漸體會到，村上的小說真的具有精神上的撫慰作用和鼓舞力量。

他說「但是，要說得坦白真誠，卻非常困難，我越想說實話，正確的語言就越沉到黑暗深處去。」……

或許他的這種坦白真誠的地方，讓我們感覺像個朋友一樣親切。

他又透露：

「關於文章我大多是跟戴立克・哈德費爾學的。或許應該說幾乎全部。不幸的是哈德費爾自己在各方面來說，都是一個不毛的作家。只要讀了就知道，文章難讀、故事雜亂、主題稚拙，雖然如此，他畢竟還是能以文章為戰鬥武器的少數非凡作家之一。」……

雖然戴立克・哈德費爾是個虛構的名字，不過確實說明了村上沒有選擇日本前輩作家，卻選擇美國作家做為學習對象的事實。

而所謂「文章難讀、故事雜亂、主題稚拙」，彷彿是他所崇尚的風格，也可以說是他對自己文章特色的謙虛描述一般。「文章難懂」是因為需要深思，「故事雜亂」的另一種解釋，則是他的故事經常任意脫線自由發展而且變化豐富引人入勝。「主題稚拙」也可以說是經常保持創新的態度，因而顯得不成熟，成為一種反傳統和堅持與眾不同的風格。

對哈德費爾「以文章為戰鬥武器」的描述，也正點出他自己的文學抱負。

他在2000年3月的Eureka雜誌中也說過「我認為語言這東西，是激烈的武器。」

2009年2月15日村上春樹接受耶路撒冷文學獎時發表了一篇英語演講，提到「在高牆與雞蛋之間，我永遠會站在雞蛋這邊」。（編按）

這種保護弱者對抗強權，為正義戰鬥的姿態，事實上一再反映在不同的作品中，始終沒有動搖。村上春樹自己可以說正是一位「以文章為戰鬥武器」的文學鬥士。

《聽風的歌》可以說是一面鏡子，反映出村上的寫作哲學和獨特風格。也可以說是一把鑰匙。打開《聽風的歌》這道門之後，其他作品就比較容易解讀了。

層出不窮的文章創新手法

村上春樹的作品不斷帶給讀者目不暇給的新鮮感。

例如在14章中他畫了一件T恤插畫，在視覺上非常突出，令人印象深刻。這種做法在其他小說中絕少看到。可以看出作者勇於打破傳統，和像小飛俠彼得潘般頑皮的地方。這種拒絕長大的少年氣質和判逆性，特別容易獲得年輕讀者的共鳴。同時這種少年性幾十年不變，在他58歲時還在自己的自行車上寫著「到死都18歲」。(《關於跑步》第8章)。

村上特別重視的文章節奏感，在《聽風的歌》也格外明顯。例如第11章中，模擬電台播音員和收音機ＯＮ和ＯＦＦ的聲音變化時，忽而播音員滔滔不絕的饒舌模樣，忽而跳電般斷斷續續，在排字上留下大量留白。製造電流短路時停滯、頓挫的不順效果，再恢復播音員的流暢播音，一呼一吸、忽緩忽急的對比，形成鮮活明快的生動節奏。

《聽風的歌》章節、段落都特別短，對話尤其精簡，充滿爵士樂般的輕快節奏。因為在寫這本書時他還在開咖啡廳，每天半夜打烊後才在廚房的桌上寫一點。

事實上前面二、三十頁是用打字機用英語打的，後來才翻譯成日語，並接著寫下去。不過全部寫完以後，他覺得不滿意，又全部重新寫過。也等於做了一次大剪接。

讓故事的發展更自由，寫實和超現實交錯進行形成雙重結構。他以電影的意識流和剪接手法，像洗牌般將前後打散再任意插入。以爵士樂般的自由節拍，隨興揮灑。最後才感覺文章像自己的東西了。這樣的做法所形成的文章節奏，在其他的作品中也同樣可以看到。

村上對數字的執著，也從《聽風的歌》開始，延續到《1973年的彈珠玩具》，到《遇見100％的女孩》。而且數字不用漢字的一二三，而是阿拉伯數字的123。阿拉伯數字是西方科技文明的象徵之一。和東方的古老傳統成為新鮮的對比。

對外來語的愛用，也從《聽風的歌》開始。書中主角口中提到的許多西洋歌曲、古典音樂唱片和世界名著、經典名片、作家、導演的名字，點出作者對西方文化的熟悉，和對音樂、讀書和電影的喜愛。加上英語般的行文，使得他的文章讀起來不像過去的日文，而更像從英語翻譯過來的。不僅不同於日本傳統作家如川端康成、三島由紀夫、谷崎潤一郎等，也和其他東方作家截然不同。

充滿哲理的比喻和格言

村上對生命和人性有不同的體會。書中的比喻和格言，也充滿人生哲學，像沙中的寶石般，令人不斷有驚奇的發現。

例如：「擁有黑暗的心的人，只做黑暗的夢。更黑暗的心連夢都不做。」「火星人與井」的寓言，少年和「風」的對話，極富象徵性，十分耐人尋味。「井」在村上的其他作品，例如《1973年的彈珠玩具》、《發條鳥年代記》也一再出現。進入「井」底，彷彿進入自己的內心深處，探索潛意識般。有時「井」也象徵陷阱，和無底洞。

書中提到少年到奈良遠足時看到的天皇的古墳，點出對生死問題的思考。想為蟬與青蛙而寫的想法，也頗有禪意。十足東方式、日本式的生命觀。

超越人類與動物的物種界線，提示出更寬廣的宇宙觀。對照古墳的巨大，寧為微不足道的小生命出力，和「高牆與雞蛋」的比喻也頗相通，支持弱勢的村上精神在他三十歲時和六十歲時始終前後一貫。也令人聯想到他的另一部作品《世界末日與冷酷異境》中無法跨越的高牆。

這些格言或寓言像冰山的一角，無不充滿哲理耐人尋味，禁得起一讀再讀。反過來說，他的作品每次讀都有不同的感受。

《聽風的歌》中所提到的風景，是作家心中的原鄉，依山面海的港口、國道、靈園、防波堤，雖然沒有提到地名，其實就是村上生長的地方，神戶旁的蘆屋。青春年少時的記憶，一再在後來的作品中閃現，現實的和虛構交織，回憶和想像交響。許多作品中的場景都可以從這裡找到蛛絲馬跡。

故事自己會說話

村上春樹自己說過，其實在寫《聽風的歌》第1章時，已經把他想寫的事情都寫完了。

但這並不表示第2章以後的內容不重要。相反的，雖然不是作者原先想寫的，卻是故事自然發展出來的。這種故事情節的自發性（spontaneity），更是村上後來獨自探索出來深具個人色彩的敘事風格。故事就像傑克的魔豆般，自己一直往天空無限生長。

村上作品這種自由蔓生的故事發展方式，潛藏著無限的可能性，和豐富的意外性。在獨特的文章技法和用字遣詞之外，更提供源源不絕的趣味，真正讓讀者大開眼界，大呼過癮。也不斷的刺激讀者的想像力，難怪很多人說村上的小說讀了會上癮。許多從事創作性行業的讀者特別喜歡讀他的作品。不少學生或年輕讀者受激勵之餘，也想自己嘗試首次創作。這創作不一定是寫文章，有些是畫畫、有些是作曲、作詞，也有人寫劇本、或拍電影。

《聽風的歌》之後的發展，甚至可能超出作者自己的預期。

在《聽風的歌》第6章中，村上寫道：

「老鼠的小說有兩個優點。首先是沒有做愛的場面，然後是沒有一個人死掉。」

但在後來的《挪威的森林》和《舞舞舞》中，卻出現了許多愛與死的描寫。由此可見作者後來寫什麼，其實很多是應故事的發展所需，水到渠成地寫出來的。就像故事要求被寫出來一樣。

日文功力深厚

有人說村上春樹是一個「和魂洋裝」的作家。文體表面上雖然顯示英語翻譯體般濃濃的奶油味，然而精神卻是日本的。事實上，連表面看來像英語文體的文章基本底力，其實也建立在深厚的日語基礎上。

雖然村上自己說他很少讀日文的雜誌和小說，他的寫作是從音樂學來的，或從美國小說學來的。然而他卻忽略了更早以前的事情。

村上春樹父母親都是日文老師，在他小時候，就教他讀《枕草子》、《徒然草》、《平家物語》等日本古典名著。

在和村上龍對談時村上春樹提到《徒然草》、《枕草子》的句子，他還全部記在腦子裡。而他們家餐桌的話題是《萬葉集》。

由此可見，他小學時代已經把日語的基礎扎扎實實地打好了。只是他經常忽略這段往事。

上初中時，父母親又為他訂了「世界史」，「世界文學名著」，他每個月到書店去取書。把「世界史」和「世界文學」當故事書般一讀再讀。上了高中以後，又在神戶舊書店買了許多船員留下的英語小說，開始大量閱讀。在少年叛逆期，不太看日文小說，反而猛讀英語小說。並試著開始翻譯自己喜歡的短篇小說。

由於對電影的喜愛，考上早稻田大學的戲劇系。讀了很多電影劇本。小說的描寫也深受電影影響。

村上春樹對村上龍說過：「我想用的字和不想用的字明白區別。不想用的字絕對不用。」

他一直在試著用不一樣的語言，寫不一樣的作品。

正因為村上春樹在用字上的精挑細選，因此在中文版翻譯時，我也會在用字上特別揣摩和用心過濾。例如《聽風的歌》第7章中，出現了「人很好的山羊」，「山羊」用「人很好」這種擬人化的形容來表現，確實有點突兀，要不要改用別的字眼？然而突兀就是一種特色。如果改掉就會失去村上用字的特色，因此還是照用「人很好」來形容「山羊」。後來第三本小說《尋羊冒險記》竟然出現了「羊男」這樣的角色，進一步把「羊」和「人」合為一體，發現似乎有某種延續性。作品中只要稍加留意，隨處都可以發現許多不經意的地方，都隱藏著一些耐人尋味的村上特色。

這次是《聽風的歌》第四次改版，在內文上重新做了一些修正。正如《聽風的歌》第一句「所謂完美的文章並不存在」那樣，完美的翻譯當然也不存在。不過力求完美則是永遠的努力目標。感謝讀者的長期支持。也希望讀者能重新發掘村上春樹作品中所暗藏的無限珍貴品質。

編按：

「耶路撒冷文學獎」創辦於１９６３年，每兩年頒一次，意在表彰其作品涉及人類自由、人與社會和政治間關係的作家。

村上春樹獲得了２００９年度的耶路撒冷文學獎，於今年２月赴以色列領獎，是首位獲得該獎的非歐洲語系作家。該獎頒給村上的理由是他的藝術成就及作品對人類愛的深深尊重，「作品中明確地體現了人道精神」。

一些日本的民間組織及一些親巴勒斯坦團體認爲接受頒獎就等於支持以色列的政策，曾呼籲村上辭退該獎。村上在領獎時發表了〈總是和雞蛋站在同一邊〉（Always on the side of the egg）這篇演說表達自己的想法。

AIP0989

聽風的歌

作　者—村上春樹
譯　者—賴明珠
編　輯—黃煜智
校　對—魏秋綢
企　劃—王小樨
封面設計—莊謹銘
內頁排版—綠貝殼資訊有限公司

編輯總監—蘇清霖
董 事 長—趙政岷
出 版 者—時報文化出版企業股份有限公司
108019 台北市和平西路三段二四〇號七樓
發行專線—（〇二）二三〇六六八四二
讀者服務專線—〇八〇〇二三一七〇五
（〇二）二三〇四七一〇三
讀者服務傳真—（〇二）二三〇四六八五八
郵撥—一九三四四七二四時報文化出版公司
信箱—一〇八九九臺北華江橋郵局第九九信箱

時報悅讀網—http://www.readingtimes.com.tw
思潮線臉書—https://www.facebook.com/trendage
法律顧問—理律法律事務所　陳長文律師、李念祖律師
印　刷—家佑印刷有限公司
原始出版—一九八八年五月一日
五版一刷—二〇一九年十月三日
五版十刷—二〇二四年三月十三日
定　價—新台幣二五〇元
（缺頁或破損的書，請寄回更換）

時報文化出版公司成立於一九七五年，
並於一九九九年股票上櫃公開發行，於二〇〇八年脫離中時集團非屬旺中，
以「尊重智慧與創意的文化事業」為信念。

聽風的歌／村上春樹著；賴明珠譯. -- 五版. -- 臺北市：時報文化，2019.09
176 面；14.8×21 公分
譯自：カンガルー日和

ISBN 978-957-13-7947-0（平裝）

861.57　　108014495

ISBN 978-957-13-7947-0
Printed in Taiwan